Humains aigres-doux

Suzanne Myre

Humains aigres-doux

NOUVELLES

[FŒJ]

ÉDITIONS
MARCHAND
DE FEUILLES

Marchand de feuilles
C.P. 4, Succursale Place D'Armes
Montréal, Québec
H2Y 3E9
Canada
www.marchanddefeuilles.com

Mise en pages: Roger Des Roches
Révision: Annie Pronovost
Graphisme: Sarah Scott
Illustration de la couverture: *Lucky Paper Dolls* (1951)

Diffusion: Hachette Canada
Distribution: Socadis

Les Éditions Marchand de feuilles remercient le Conseil des Arts du
Canada ainsi que la Sodec pour leur soutien financier.

Conseil des Arts du Canada   Canada Council for the Arts   Société de développement des entreprises culturelles   Québec

Catalogage avant publication de Bibliothèque et Archives Canada

Myre, Suzanne, 1961-

    Humains aigres-doux

    Éd. originale: 2004.

    ISBN 978-2-923896-07-6

    I. Titre.

PS8576.Y75H85 2012   C843'.6   C2011-942896-2
PS9576.Y75H85 2012

Dépôt légal: 2012
Bibliothèque et Archives nationales du Québec
Bibliothèque et Archives Canada

PRÉFACE

Après la première parution d'*Humains aigres-doux*, je m'attendais à recevoir des tas de lettres d'admirateurs chauves. Cela ne s'est pas produit. Si j'étais un homme qui croit que la perte de ses cheveux le rendra moins attirant et que j'avais lu *Naissance et mort d'une calvitie*, la nouvelle qui termine le recueil sur une note optimiste, je serais tombé amoureux de l'auteure et je lui aurais demandé sa main. Malheureusement, il semble que mon lectorat soit composé principalement de femmes, et d'hommes au crâne bien garni que cet hommage aux mâles en déchéance capillaire n'a pas touchés et je suis restée célibataire. J'aime les hommes chauves, il fallait que je l'écrive au monde entier.

Humains aigres-doux a été un plaisir d'écriture comme nul autre. Quand j'ai décidé, quoique cela ait davantage à voir avec un acte spontané qu'avec une décision bien réfléchie, de ramener certains personnages d'une nouvelle à l'autre, le labeur de l'écriture, qui permet de donner vie et mort, s'est greffé d'une autre bénédiction: celle de faire renaître. Au gré de mon inspiration et de ma fantaisie, je ressuscitais un personnage pour l'immiscer dans un nouveau monde, lui faire prendre de nouvelles avenues, rencontrer d'autres gens. Une vie seconde et une joie, pour eux comme pour moi!

La nouvelle a ceci de particulier qu'elle oblige le lecteur à faire des deuils rapidement et souvent. Deuils de personnages auxquels on a à peine le temps de s'attacher, deuils de situations, d'environnements, etc. C'est dur, mais cela ne ressemble-t-il pas à la vie réelle qui nous force jour après jour à de multiples renoncements? Le lecteur n'éprouve pas cette difficulté pendant la lecture d'un roman de 400 pages, qui lui donne le temps d'entrer plus à fond dans la vie des protagonistes et lui permet d'en ressortir avec l'impression d'avoir partagé avec eux une longue tranche de vie. La nouvelle impose des petites morts à toutes les 20 pages. Et alors? C'est juste plus intense. Voyons cela comme une bonne pratique de la vie quotidienne! *Humains aigres-doux* a ceci de particulier qu'il se targue d'emprunter au roman sans en être un. C'est une expérience entre les deux, si on veut.

Revenons aux nouvelles qui constituent ce recueil atypique.

Le cabanon. Cette histoire est tirée d'une soirée que j'ai vécue avec une amie de fraîche date et sa copine. Elle demeurera dans mes annales comme étant la preuve que l'écriture peut avoir un impact direct sur la vraie vie, comme faire perdre des amitiés – ou ce qui semblaient en être.

Je me souviendrai toujours de ce déjeuner avec l'amie que j'ai baptisée Carmen dans mon histoire. Nous étions au restaurant Le Bercy, entourées de la clientèle gériatrique habituelle, et papotions de musique, notre sujet de prédilection. Elle mastiquait son bacon béatement en me parlant du dernier album de Radiohead, et je la regardais, songeuse, en sirotant mon café dégueulasse – je me souviens aussi de cela : le café était imbuvable. Je me demandais si j'allais casser son plaisir de dégustation de gras *trans* en lui révélant que j'étais en train d'écrire une histoire intitulée *Le cabanon.* J'ai bien du mal à retenir ma grande gueule, à être du genre « dans le doute je m'abstiens ». Je m'abstenais rarement, à cette époque. En fait, j'étais très excitée par la prémisse de ma nouvelle, je sentais que je tenais quelque chose et j'ai cru qu'elle pouvait être contente que sa soirée m'ait inspiré une histoire. Dès qu'elle a entendu le titre, « Le cabanon », elle a tiqué, même si je n'avais pas encore précisé l'origine de l'inspiration de la nouvelle. Elle s'est arrêtée de mâcher et m'a fait des yeux ronds, très ronds. C'était au moins le signe rassurant qu'elle avait remarqué, elle aussi, que le mot «cabanon» avait été prononcé un nombre de fois remarquable pendant notre soirée. Mon sentiment d'avoir été comprise a été de courte durée. Elle a très mal pris ma confidence. Elle a craché, oui, craché — je n'avais jamais cru qu'on pouvait cracher des mots avant ce matin-là, peut-être même que j'ai vu de petits bouts de bacon sortir de sa bouche et atterrir dans mon café: «Toi, Suzanne Myre, tu peux détruire n'importe qui avec ton écriture!» Détruire? Moi? Si gentille? Un instant! Elle y allait un peu fort. Je ne lui avais donné aucune raison de croire que cette histoire serait négative ou que j'y rirais de sa copine et de son cabanon; j'avais seulement laissé entendre que je m'inspirais de certains détails de notre soirée. C'est pourtant la conclusion qu'elle en avait tirée avant même que j'aie pu préciser mon idée. Je n'ai pas réussi à la convaincre que ce serait une histoire drôle, à caractère social, féministe même, et qu'il ne s'agirait pas vraiment de son amie, ni d'elle, ni de moi, ni du cabanon, ni de la soirée en fait. Bref, j'ai patiné autant que j'ai pu, comme si j'étais coupable d'un assassinat pas encore perpétré, mais rien n'y a fait. Nous nous sommes quittées sur le stationnement sans nous embrasser; son visage affichait une expression si hermétique qu'il ne laissait aucune place pour un baiser, aussi léger soit-il. Je me suis demandée en la regardant s'éloigner avec sa démarche raide et encore plus rapide que d'habitude, si elle m'avait jamais considérée comme une amie potentielle, si je n'étais pas seulement à l'essai. Je n'ai jamais revu sa jolie bouille entourée de cheveux acajou et de mèches bourgogne.

J'ai repensé souvent à ce déjeuner. Aurais-je dû ne rien dire et risquer plutôt qu'elle lise la nouvelle une fois publiée, ce qui aurait ajourné la fin d'une amitié de toute évidence superficielle et incertaine ? Vaut-il mieux parfois se taire que de dire la vérité, toute vérité n'étant, paraît-il, pas bonne à dire ? Je me serais tue, si j'avais su que je pouvais la blesser, ou lui faire craindre le pire pour sa réputation. Bien entendu, cela ne m'aurait pas empêchée de finir la rédaction de cette histoire. Cela fait-il de moi une personne cruelle ? Qui peut le dire ?

J'aime d'autant plus cette nouvelle qu'elle m'a donné le terrain propice pour tirer à bout portant sur certains conditionnements sociaux que je réprouve. J'avoue même avoir eu un plaisir fou et sadique à l'écrire. Et non, tout n'y est pas véridique. Si C. avait eu le détachement nécessaire et moins de susceptibilité, elle aurait sûrement rigolé en la lisant.

Un amoureux m'a dit un jour, après avoir lu *La réception*, nouvelle parue dans *J'ai de mauvaises nouvelles pour vous* et inspirée d'une soirée d'enseignants passée avec lui : « D'accord, c'est dur, je me reconnais et je reconnais certains collègues qui pourraient peut-être se reconnaître, mais je dis : la littérature avant tout ! » Il était enseignant en français et aspirant écrivain. C. était technicienne en laboratoire et pour elle, c'était Radiohead avant tout. Elle n'a jamais su que j'ai aussi cassé du sucre sur le dos de son groupe préféré. Deux humains différents, deux perceptions différentes de la même situation.

Les gars qui liront *Heilchimie* auront peut-être l'impression que je dévoile leur inaptitude à faire face aux situations amoureuses du genre : « Je n'aime plus ma blonde, mais je n'ose pas le lui dire en face, alors je vais prendre des moyens détournés sans penser que ça va la faire souffrir encore plus que si je lui parlais directement. » Si la trame de cette histoire est loufoque, son fond ne l'est pas : certains hommes ont du mal à sortir d'une relation sans l'aide d'un pont et c'est le sujet de *Heilchimie*. Je n'ai jamais compris comment on peut passer d'une relation à une autre sans faire de transition, sans se soumettre à un passage à vide pour faire le point, pour tenter de comprendre ce qui a produit l'échec de ladite relation mais bon, *Heilchimie* s'arrête au comment et non au pourquoi. Le pourquoi, on le sait toutes.

Je n'ai rien contre les poètes et la poésie. Je n'ai pas voulu rire de qui que ce soit dans *Le cercle de*

Poffe-Royale, même si ce texte est clairement une déconstruction en règle d'*egos* gonflés. Au fond, il aurait pu s'agir d'artistes d'un autre genre, des chorégraphes, tiens, j'en connais une traite sur l'*ego* des chorégraphes grâce à un de mes voisins, mais j'ai choisi de mettre en scène des poètes. Pourquoi ?

Un jour, un poète s'est arrêté brièvement dans ma vie par un bel après-midi d'été, le temps d'un flirt qui a duré, en ce qui me concerne, une heure et demie tout au plus. Avec une haleine terrible de tabac mouillé, il me débitait de belles phrases rimées en me fixant la prunelle comme s'il voulait la gober tout en jetant dans mes narines son souffle de cigarettes fraîchement fumées. Ceci, la (supposée) beauté de ses paroles combinée avec cette odeur intolérable pour une non-fumeuse, était le paroxysme du paradoxe. Aucun mot, aussi beau soit-il, ne pouvait oblitérer les relents âcres du tabac sur ses lèvres. Ce gentil homme faisait partie de ce groupe qui existe peut-être toujours, le Cercle de Port-Royal, et je me demandais ce qui pouvait bien se passer dans ces rencontres où tout le monde y allait de son discours. D'accord, j'y suis allée un peu fort sur le tabagisme et ses conséquences, mais je commençais à cette époque à travailler auprès des patients, certains ravagés par l'emphysème, le cancer du poumon ou de la bouche, et mon imaginaire s'en trouvait coloré d'impressions

vives et cauchemardesques. De ceci et de cela est né
ce texte que je réécrirais demain, à la virgule près.

Une ambiance d'enfer est une référence à ces
nombreuses occasions où je me suis retrouvée
dans une soirée dansante avec ce que cela impli-
que en matière d'anxiétés, de rencontres possibles
et de musique infernale, alors que *À un poil près*
est issue de la peur que j'ai de me retrouver dans
un salon de coiffure. Voualtèr incarne tous ces coiffeurs que j'ai tellement détestés dans mon existence
de fille aux cheveux courts mal plantés et donc
incoiffables, qui n'est jamais ressortie du salon
satisfaite, plutôt au bord du suicide ou de la tonte
totale (d'où *Naissance et mort d'une calvitie*). Le
choix d'en faire un psychopathe s'est imposé ; la
distance est courte entre le cheveu et l'oreille, et
je l'ai franchie, à défaut d'avoir pu couper celle de
ces mauvais coiffeurs qui se sont défoulés sur moi.
Mais je compatis avec eux : il doit être grand le
drame du styliste du caillou quand il n'a pas su
exaucer les vœux de sa cliente, énorme le stress
vécu au contact de cette éternelle mécontente qui
se trémousse sur son siège en lui faisant des de-
mandes invraisemblables. C'est pourquoi j'ai ramené
ce pauvre Voualtèr d'une histoire à l'autre, par com-
passion, en le faisant au moins passer pour un
véritable as de la couleur.

«*Avancez par en arrière!*» Combien d'entre nous avons entendu ces paroles de la bouche d'un chauffeur d'autobus et à quel point avons-nous cogité sur le sens de ces mots? Ici, il s'agit de ces tristes régressions que l'on peut faire d'une relation à l'autre quand elles n'avancent pas, lorsqu'elles échouent lamentablement et qu'on en répète les erreurs au lieu de se poser les bonnes questions pour enfin aller de l'avant sans s'accrocher les pattes à nouveau. D'accord, toutes mes nouvelles contiennent un brin de «je l'ai vécu», mais de là à dire qu'il s'agit ici de moi? Oui, je fréquente les bibliothèques publiques, mais ça s'arrête là. Je ne couche pas avec les commis féminins.

Parler de seins est délicat quand on en est peu pourvue. On passe pour une complexée qui se défoule sur celles qui en ont. La dimension de mes seins n'a jamais été un problème ni un questionnement avant l'avènement de la grande névrose féminine qui est arrivée en même temps que la possibilité de se faire implanter des ballons de football dans la poitrine. Tout à coup, on pouvait devenir une vraie femme! Si pour être une «femme féminine» il faut avoir un tour de poitrine XXX, je suis depuis toujours une miette. Et ça ne m'a jamais empêchée de faire quoi que ce soit. D'ailleurs, nous savons toutes en notre for intérieur que la dimension du pénis est beaucoup plus importante que celle des seins, mais ça, personne ne le dit pour ne pas choquer la susceptibilité des hommes et malheureusement, on ne peut pas la vérifier d'un simple coup d'œil. Pourtant, on en est à évaluer la valeur de la féminité par le tour de poitrine. Quelle époque! *Les premiers seins* témoigne de la confusion qui peut régner dans la tête d'une petite fille quant à ces choses dont on fait si grand cas en cette ère où le corps humain peut être manipulé dans toutes ses parties.

L'aller-retour de Jean-Pierre m'est venu par un bel après-midi d'été alors que je lisais sur mon balcon arrière. J'ai été distraite par le cri d'un oiseau qui n'était pas celui du moineau brun, et j'ai vu une tache de couleur entre les branches. Une perruche bleue se tenait là, aussi à l'aise que si elle était dans une jungle. J'ai tenté de l'attirer vers moi avec de petits bruits de bouche insignifiants auxquels elle n'a accordé aucune attention, en tendant un bras vers elle. De toute façon, qu'aurais-je fait si elle s'était posée sur mon doigt pointé? J'ai eu plusieurs perruches dans mon enfance, de petites folles aux personnalités rigolotes que j'ai adorées. J'ai voulu sauver celle-là, en me disant qu'elle ne survivrait pas tout l'été sans une cage protectrice, de la bonne nourriture et éventuellement, la chaleur. Rien à faire; elle a continué à gazouiller innocemment, puis s'est envolée vers Dieu sait où.

Pauvre petite chose qui a probablement fini dans la gueule d'un chat de ruelle.

La boucle se boucle avec *Naissance et mort d'une calvitie* et voilà *Humains aigres-doux*.

J'aime ce titre. C'est moi, l'humaine aigre et douce. Toutes ces nouvelles ont été écrites dans cet esprit que j'ai : un jour contente, un jour malheureuse et ainsi de suite, dans n'importe quel ordre. Ai-je un brin de bipolarité ? Non. Je suis seulement cette humaine qui ne se cache pas derrière un beau paravent enduit d'un verni dont elle espère qu'il ne craquera pas, en peignant un sourire artificiel sur son visage. Qu'il craque ! Car ce qui émerge de ces fissures est ce qu'il y a de meilleur pour un auteur, s'il sait le canaliser. Les histoires d'*Humains aigres-doux* sont toutes vraies, en un sens. De la véracité de ces humeurs qui vont et viennent et portent des fruits riches en matière d'écriture. Bonne lecture !

Suzanne Myre

Le cabanon

Évidemment, je ne pouvais pas deviner à quoi je m'exposais en acceptant l'invitation à souper de mon amie Carmen, pour son anniversaire. Je connaissais Carmen depuis un certain temps, mais je n'avais rencontré aucune de ses amies. Si j'avais soupçonné un seul micro-tantinet d'instant les sévices moraux que je m'apprêtais à subir, j'aurais employé ma soirée autrement, pour aller me noyer à la piscine municipale, par exemple, ou me rendre au centre d'accueil pour jouer à la mémoire avec mon oncle atteint d'Alzheimer. En fait, je me serais même risquée à accompagner Jeanne-Marie, mon espèce de copine poète, à la soirée de poésie qu'elle appréhendait depuis des jours. Elle m'avait implorée, avec une note touchante de supplication dans la voix et en faisant des rimes bouleversantes avec ça: «Viens, je t'en prie viens, j'ai besoin de ton soutien, nous nous tiendrons par la main», mais comme je n'aime pas beaucoup la poésie et que je m'attends à concevoir le même sentiment pour ceux qui la font proliférer telle une maladie pour laquelle il

n'existe aucun remède, j'avais résisté à ses prières.
Il était écrit dans mon destin que je devais souffrir de toute façon. Si les horoscopes étaient tellement précis, le mien m'aurait instruite à grand renfort
d'avertissements en caractères gras du pourcentage
de risques que je prenais à ne pas me méfier du
« petit changement à l'horaire, oh! rien de grave, une
amie va se joindre à nous. Elle se charge du souper :
des sushis. C'est une connaisseuse, elle les achète
chez un spécialiste japonais de Mascouche ». Je ne
me contenais plus de joie. J'exècre les sushis. Je n'ai
pas été élevée en mangeant des choses qui ressemblent à des prélèvements de peau bronzée déposés
sur des rondelles de filaments de cellules adipeuses
décorées de petits boutons d'acné et de comédons.
L'odeur m'écœure ; autant me retrouver dans une
salle d'autopsie à pique-niquer d'organes vitaux à
température de la pièce. En fait, soyons honnêtes,
je n'ai jamais goûté un seul de ces trucs, leur seule
vue me rend songeuse. Ils sont trop mignons, mignons d'une manière louche et douteuse. Ça cache
quelque chose, comme chez les gens. On est séduit,
on s'approche davantage, puis on regrette de ne pas
être allé se jeter du haut d'un pont plutôt que de s'en
être tenu à une fabulation vague sur l'objet de notre
attirance. J'ai toujours été déçue par les gens que
je trouvais mignons, et cela est également vrai de la
nourriture. Je trouve les champignons adorables,
mais dès que je me risque à en mettre un dans ma

bouche, je suis révulsée ; j'ai l'impression de mâcher un morceau de *foam* éventé. Et c'est sans compter leur cuisson au beurre, qui me donne la nausée et le sentiment d'être submergée et transpercée dans tous mes pores par un arôme de chaussettes moites portées à répétition par temps de canicule. Essayez d'expliquer ça à un amateur de champignons : il émanera de ses yeux des envies d'assassinat. Même chose pour l'amateur de sushis. Tout le monde aime les sushis, c'est si raffiné, si *in* de se bourrer de ces petites bouchées pendant des heures en se déversant dans le gosier de grandes rasades d'un vin blanc portant un poétique nom de produit de la mer, sans se rendre compte que chaque espace entre les dents est colmaté par de petits grains noirs. Alors j'ai fermé ma gueule et j'ai dit : « Mais non, bien sûr, ça ne me dérange pas, invite-la, ta copine. On s'amuse, entre filles. » D'habitude, souvent, pas tout le temps. Ça dépend du menu gastronomique et intellectuel.

J'ai passé une minute — mais intense, la minute — à me demander quoi porter, ce qui est un record. En général, avant de sortir, je me plante devant mon armoire et contemple de longs moments, sans arriver à me décider, l'amoncellement de linge inutile que j'ai ramassé dans les friperies sous prétexte que ce n'était pas cher, sans pour autant connaître l'usage exact que j'allais faire de chacun de ces morceaux. Me vêtir est un casse-tête quotidien. Je finis pourtant toujours dans un jean et un t-shirt ajusté, qui mettent en valeur mon manque de graisse. La copine allait avoir peur pour ses sushis, en voyant ma minceur ; elle craindrait que je n'aie pas mangé depuis des jours et que je me jette à bras raccourcis sur ses précieux petits tas de luxe pour me les faire tous sans penser aux autres. Ou encore que je ne sois anorexique et que je picore dans mon assiette en démolissant l'exquis montage artistique de ces horribles rouleaux sans en manger une miette, au grand dam de celle qui aura dépensé la moitié de son salaire d'une journée pour nous payer ça. J'ai enfilé mon Levi's et un t-shirt étriqué à motifs asiatiques, pour au moins être dans le ton, et sans soutien-gorge, ce qui m'a donné l'occasion pénible de constater que mes seins ressemblent (et ont probablement toujours ressemblé, même avant l'apparition de la chose) à une vague reproduction de sushis, pour ce qui est de la forme et surtout de la dimension. Cette évocation m'a rendue perplexe. Je ne l'avais jamais remarqué, bien entendu, puisqu'en temps ordinaire les sushis ne constituent pas un de mes sujets de préoccupation ; je préfère et de loin l'examen des allumettes en feu ou le décompte des orgasmes multiples. La perplexité a cédé la place à l'amusement et je me suis dit que si la copine avait le sens de l'observation et de l'humour, ça l'amuserait aussi, ma poitrine-sushi. J'aime bien faire rire les gens, même à mes dépens. Je me demandais si la copine était lesbienne, lesbienne et cannibale. Je pense qu'il faut être un peu cannibale pour aimer les sushis. Je me demandais aussi comment une lesbienne cannibale faisait l'amour, mais ça ne m'a pas tracassée longtemps.

J'ai emballé le gâteau-couronne au yogourt (que j'avais confectionné le matin même pour passer mon vieux yogourt moisi) dans un sac d'épicerie (même si c'est un peu anti-hygiénique, ça a au moins la vertu d'être économique) et je l'ai mis avec mes cadeaux d'anniversaire dans un sac hyper cucul acheté au Dollorama. J'espérais que les arômes de crème corporelle et de savon-douche n'imprégneraient pas le gâteau et j'ai écarté le problème en le protégeant des produits de beauté grâce à un amoncellement de fins papiers de soie multicolores froissés «intelligemment» autour de chaque pot. Je ne suis pas un as pour édifier de mirifiques emballages-cadeaux, mais je comptais sur l'indulgence de Carmen pour ne pas me faire remarquer que son paquet ressemblait à une poubelle débordant de papiers chiffonnés.

Je suis arrivée avant la copine. J'étais pourtant à l'heure, ça commençait mal. Carmen écoutait le dernier Radiohead à plein volume et j'ai instantanément éprouvé un mal de tête psychosomatique. Tandis qu'elle déposait avec égard et civilité mon magnifique sac-poubelle-cadeau sur sa table de salon, j'ai profité de ce qu'elle avait le dos tourné pour baisser subtilement le volume en priant qu'elle ne remarque pas que le chanteur s'était soudainement mis à chuchoter au lieu de brailler. J'aime bien ce groupe, au moins autant que les sushis; ils sont censés être géniaux, et je dis que je les aime parce que je me dois d'admirer des types à propos desquels toute la planète crie au génie, mais loin de mes oreilles, autant que possible. Carmen a 11 ans de décibels de moins que moi dans les tympans, elle peut encore se permettre vociférations et gémissements musicaux existentiels. Pour ma part, je favorise les mélodies sans écorchures de Nick Drake, quoique certaines pièces de Radiohead vaillent l'écoute, à condition d'être sur un trip de cannabis avancé.

— Alors, cette super copine qui est si riche, parce que les sushis, hein, ça donne peur au portefeuille, c'est quoi son nom, déjà? Ah oui, Chrystelle, pauvre elle, porter un prénom devenu cheap à cause d'un *soap* américain cheap, elle arrive à quelle heure avec le souper? J'ai vachement hâte de goûter à tout ça, moi, depuis le temps que j'en ai envie, je sens que je vais me régaler, je l'adore déjà, cette fille, que dis-je, cette déesse de la mer, cette Néréide qui va contribuer à élargir mes vues gastronomiques, m'aider à développer mes papilles gustatives atrophiées et renverser le cours de mes habitudes alimentaires si primitives.

Je n'ai pas dit ça, malgré la démangeaison. J'essaie de développer ces vertus qui me font défaut depuis le jour de ma naissance : le tact, la diplomatie, le je-me-retiens-bien, qualités essentielles aux bonnes relations. Je mets ces valeurs en pratique dans mes amitiés, et j'essaie de les transférer dans mes relations amoureuses, ce qui ne marche jamais, ma spontanéité trouvant toujours un espace, aussi infime soit-il, pour reprendre ses droits.

— Alors, cette copine, Chrystelle, elle a l'habitude d'être en retard ?

— Oui, c'est son principal défaut.

— Ah, parce qu'elle en a d'autres ?

— Han-han, elle a un petit peu besoin d'attention.

— On a tous besoin d'attention. (J'avais opté pour la fine psychologie.) Mais qu'est-ce que tu veux dire, au juste ?

La sonnette a retenti au même moment, me privant d'explications qui, je l'ai pressenti avec effroi, auraient pu m'être précieuses pour la suite des choses. Mais je me suis dit qu'il fallait accepter que nos vies soient gouvernées par des forces incompréhensibles qui ne sont là que pour notre bien (même s'il faut passer par 1 000 tortures avant de finir par le constater) et que les gens qui n'acceptaient pas l'inéluctabilité des choses étaient des couillons. En fait, je n'ai pas eu le temps de me dire tout cela de manière aussi sophistiquée, car Chrystelle poussait des cris de mort au bas de l'escalier. J'espérais qu'elle avait échappé ses paquets, qu'ils s'étaient éventrés et que leur contenu s'était répandu sur les tapis sales sans aucune chance de récupération pour consommation ultérieure.

— Venez m'aider, c'est lourd! Aïe! Mon bras va tomber! Hi, Carmen, tu as changé tes cheveux? Ouh! super, la teinture! C'est Voualtèr qui t'a fait ça? Je veux la même couleur! Le salaud, il ne me l'a jamais offerte. C'est comment? «Brisures d'automne»? Génial, on se croirait en pleine forêt! Tiens, prends ces bouteilles de vin, je m'occupe de la glacière. Ta copine est arrivée? Je suis en avance, non?

Lourd? Glacière? Pour quelques petits sushis insignifiants? J'ai regretté de ne pas m'être munie de quelques denrées non périssables, de petits à-côtés que j'aurais pu grignoter pour ne pas mourir de faim pendant qu'elles se bourreraient de leurs sushis en béton. J'ai pensé au gâteau dans le sac parfumé. Je pourrais toujours me rabattre sur cette solution de rechange sucrée, entamer le dessert un peu prématurément. J'ai mis un frein à mes anxiétés — je deviens en effet très inquiète quand il est question de nourriture — et je suis allée voir ce qui se tramait dans le vestibule. Chrystelle, entièrement habillée comme pour une soirée aquatique, tout en bleu-pâle-fond-de-piscine des pieds à la tête, peinait sous le poids de la glacière. J'avais envie de m'évanouir en pensant à toutes les petites choses abjectes qui dormaient dans ce tombeau froid, symbole prémonitoire du vide qui en résulterait dans mon estomac. Déjà, mon ventre roucoulait avec une ardeur peu commune, car je n'avais pas mangé beaucoup au dîner, trop occupée que j'étais à imaginer ce que je pourrais ajouter sur mon gâteau, une excentricité d'éléments susceptibles de faire oublier la date de péremption du yogourt, au cas où le goût de la pâte s'en serait trouvé altéré. Les filles allaient avoir un choc en le voyant : c'était une pure merveille de composition, une explosion de smarties, jujubes, pépites de couleurs et glace vert lime presque phosphorescente. Trop de colorant, mais un look inégalé jusqu'ici en matière de pâtisserie.

— Sara ? Depuis le temps que Carmen me parle de toi ! C'est bien toi qui fais de la traduction pour je ne sais plus qui ?

— Non, pas du tout. Sara fait bien de la traduction, mais comme je suis Sylvia, j'écris des articles à la pige pour des journaux que tu ne lis pas.

Tact, diplomatie, je-me-retiens-bien. Trop excitée d'ouvrir sa glacière et d'en extraire les boîtes de sushis, elle n'a pas relevé mes paroles. Carmen était déjà dans la cuisine, à mettre la table. J'ai imaginé pendant un instant que toute la vaisselle s'était volatilisée, mais ça n'aurait rien changé, sinon que nous aurions dû manger à même les boîtes.

— Sylvia ! Oui ! Oh, excuse-moi, je pète un peu les plombs. Je viens de passer une heure entière chez le traiteur japonais à choisir les sushis. C'est fou la variété ! Carmen m'a dit que tu n'aimais pas tellement ça, mais ne t'en fais pas, j'en ai choisi des sortes spéciales juste pour toi.

— Ah oui? Quelle gentillesse! Qu'est-ce que tu veux dire par «spéciales»?

— Celles que mon chum est capable de manger, car il est comme toi, un peu difficile. Tu vas voir, je vais te les expliquer.

— Parce que ça prend un manuel d'instruction pour manger des sushis? Je savais que c'était «spécial», mais à ce point...

— Vous venez, les filles? J'ai faim! Qui veut un petit verre pour commencer? Vous avez fait connaissance? Je manque à tous mes devoirs!

— Oui, elle pensait que j'étais Sara, tu imagines? Cette gourde qui traduit des Harlequin à longueur de journée.

— Quoi? J'adore les Harlequin! Pas les vrais Harlequin, tout de même?

— Je ne sais pas, des trucs roses en tous les cas, style Danielle Steel.

— J'adore Danielle Steel. Tout le monde aime Danielle Steel. Qu'est-ce que tu lis, toi?

Elle avait dit ça en se foutant carrément de ma réponse, elle était déjà en train d'ouvrir ses paquets puants et de les détailler en murmurant leur nom.

— J'aime la nouvelle. Je viens de finir le dernier de Suzanne Myre.

— Ah bon? Connais pas.

Évidemment.

— Myre... Myre... y a pas un joueur de hockey
qui porte ce nom? Maurice, c'est ça, Maurice Myre!

— Je n'en sais foutre rien. Wow, c'est pas mal
joli, ces petites choses-là! Je sens que je vais me
laisser tenter, après tout.

Carmen, elle, jubilait pour de vrai. Elle ne savait
pas lequel choisir. La simili-pizza avec le petit tro-
gnon gluant gris qui trônait sur sa cime, le rouleau
parsemé de globules noirâtres ou un des entor-
tillés visqueux saupoudrés de globules rouges. J'en-
viais sa frénésie. Pour ma part, je faisais semblant
d'être émerveillée et ouverte à l'aventure. Je res-
pirais par la bouche pour m'éviter l'odeur de fond
de mer qui se dégageait de l'ensemble de la table,
et donnais un peu trop sur le vin ; mon organisme
n'est pas conçu pour supporter une grande absorp-
tion d'alcool, mais j'ai tendance à l'oublier. Je suivais mon instinct, et il me dictait de nous détendre,
mon mental et moi. Je me disais que le vin a peut-
être des propriétés miraculeuses et que, grâce à
lui, mes papilles s'engourdiraient graduellement et
perdraient la faculté de goûter, si bien que je
pourrais imiter mes copines, m'empiffrer joyeuse-
ment et ainsi régler cette sensation de vide sidéral
dans mon estomac. Chrystelle semblait frôler l'orgasme à chaque bouchée. Elle se léchait les doigts
et, vu l'ivresse légère qui commençait à produire des
effets pernicieux sur mon mental touffu d'images
réalistes, je ne pouvais m'empêcher de penser à un

petit champignon — ah! ces adorables turgescences! — que j'avais un jour cueilli avec curiosité, car il ressemblait à un pénis miniature. Tous ces doigts qu'elle suçait à bouche que veux-tu me ramenaient à ce petit pénis, c'était fort rigolo. Je me suis retenue de partager ma réminiscence.

— Rah, c'est bon, ha, laisse-toi tenter, Sara!

— Sylvia, Syl-vi-a. Bon, je vais commencer par un bout de ceci, et un de cela, il faut bien commencer par quelque part, quelque chose, ciel! je me sens dans une cafétéria à choisir ainsi de ceci et de cela, mais c'est une insulte assurément, on ne sert pas de tels délices dans une cantine, haha!

— Mets-en que non. Goûte celui-ci, mon chum les a-do-re!

— Celui constellé de crottes de souris?

— Hahaha, ta copine est super drôle, Carmen. Ce ne sont pas des crottes de rat, Sylvia, c'est du ca-vi-ar. Ça éclate dans la bouche. Essaie, laisse-toi aller, ne sois pas si coincée.

— Ah... c'est donc ça, du ca-vi-ar. Je n'en avais jamais vu que dans les films lors des scènes de banquet dans des châteaux cossus. Je m'étais toujours demandé à quoi ça pouvait bien ressembler. Ah c'est super, vraiment, un look du tonnerre, ça ressemble à un truc *alien*, j'y goûte.

Quand je suis ivre, on devrait m'attacher toutes les extrémités — la langue, bien sûr — mais surtout les mains, que je ne puisse pas porter à ma bouche toutes les atrocités qu'on me propose pendant les soupers d'anniversaire. Dès que j'ai senti les dizaines de minuscules et inquiétantes sphères rouler dans tous les coins de ma bouche, j'ai paniqué. On aurait dit qu'elles couraient, se bousculaient en glissant entre mes dents, sur mes gencives, sous ma langue, partout, je n'avais plus aucun contrôle, bientôt, elles descendraient dans mon gosier sans avoir eu ma permission, avant que je n'aie pu les cracher toutes. Carmen, en voyant l'expression épouvantée qui s'était emparée de mon visage, encore normal quelques décennies auparavant, m'a offert un verre d'eau.

— Chaude, l'eau, que ça fonde, vite ! Argh, mais c'est dégueulasse, vous êtes certaines que c'est comestible ?

J'ai rincé ma bouche et rendu le contenu dans l'évier en tentant de cracher de façon civilisée, si c'est possible. Chrystelle observait ma pantomime d'un air contrit, plein de commisération à l'endroit de la pauvre ignorante de bas étage que j'étais. Carmen riait, un peu, pas beaucoup, il me semble pourtant que je devais être très drôle à voir, mais j'ai pensé alors que j'en faisais peut-être un peu trop. Il s'agissait de son souper de fête, après tout, et je traitais l'occasion n'importe comment. Un enfant dans des funérailles saurait mieux se tenir. J'ai décidé de faire preuve de bonne volonté.

— Excusez-moi, mais ce n'était vraiment pas ma bouchée ! Qu'est-ce que tu me proposes d'essayer qui ne finirait pas dans les égouts, Chrystelle? Tu es si gentille de chercher à m'initier à la haute gastronomie asiatique comme ça, et moi, pour te remercier, je vomis presque sous ton nez.

— Mais non, mais non, mon chum a fait pareil comme toi la première fois, sauf qu'il se forçait à avaler, ce qui est aussi pire. Essaie celui-là, c'est le bon, j'en suis certaine, tout le monde l'aime.

— Ah, hum, ah oui, je comprends que tout le monde aime ça, hum, ça goûte... hum... je ne sais pas trop... le métal de la canne de thon, dans laquelle on aurait laissé pourrir un morceau d'avocat? Ouah ha ha ha ha! Ma pauvre Chrystelle, ne te force plus, j'abandonne, je suis irrécupérable. Carmen, tu n'as pas un bout de fromage avec une petite rôtie, par hasard?

Carmen a été super chouette. Elle m'a fait une belle tartine au *Cheez Whiz*, je n'avais pas mangé ça depuis que j'étais toute petite, je ne savais même pas que ça existait encore. Vraiment, je n'ai aucune culture alimentaire. Bon, il fallait que je me reprenne, que je me rachète. Les filles ont continué à boire et à grignoter en discourant sur le plaisir divin de manger des sushis, tandis que je mâchouillais ma rôtie de pain blanc couverte de plastique orange. C'est alors que le véritable supplice a commencé.

— Vraiment, Carmen, j'adore ton «Brisures d'automne», ce ton te donne un teint!

— Ton thé t'a-t-il tari ta toux ?

— Pardon ?

— Rien, je me parlais. Et toi, c'est quoi qui te donne ce teint ?

— «Bois franc laqué.» Je ne suis pas sûre que Voualtèr ait eu l'œil juste, cette fois, qu'est-ce que vous en pensez ?

— En effet, ça fait davantage «Planche de *plywood* dévernie».

Je n'ai pas dit ça, j'étais encore dans mon je-me-retiens-bien, mais plutôt :

— Non, au contraire, je trouve qu'il a très bien cerné ta personnalité de tête de marionnette, qui semble ciselée dans du beau bois de chêne bien dur, et avec ce bleu-club-piscine, vraiment, tu as l'air épatant.

Je n'ai pas dit ça non plus, évidemment. Je ne voulais pas faire de peine à Carmen, je m'en serais voulu toute ma vie, c'est sûr, ainsi que toutes les vies à venir, et ma descendance aurait été maudite à tout jamais et les jeunes filles seraient venues au monde sans langue, tout ça à cause de ma propension à ne pas retenir la mienne. Carmen ne paraissait pas éprouver le besoin de souligner comme moi chaque propos édifiant de sa copine, elle devait avoir l'habitude ou aimer ça. Elle buvait pas mal, peut-être pour moins sentir sa déception de constater qu'au fond, j'étais une amie dysfonctionnelle. J'ai décidé de vendre mon âme à la superficialité.

Il me fallait apprendre à faire cela si je voulais développer des amitiés féminines durables, du moins conserver celle de Carmen.

— C'est super joli, super féminin, tu as de l'audace, je ne me verrais pas comme ça, avec tous ces reflets surprenants, mais toi, tu peux porter ça. Quel est ce super salon?

— «Épi en tête.» Je sais, c'est super bizarre comme nom, mais les employés sont super, les techniciens en couleurs font un super boulot, mais il faut y aller pour Voualtèr. Tu as vu mon dégradé? Il a appris ça à New York, où il tenait un salon, mais il en avait super marre des Américains, alors il est revenu au Québec, grâce à Dieu. En plus, tiens-toi bien, il a des anneaux dans les deux mamelons!

Elle avait dit cela sur un super ton de confidence, de la même manière qu'elle aurait avoué qu'elle en avait un au clitoris, ce qui ne m'aurait pas surprise.

— Mon dieu, tu m'en diras tant! Ça a dû faire super mal!

— Mets-en, j'en frissonne rien qu'à y penser. Eh, Carmen, changement de sujet, tu ne sais pas quoi? Bob et moi — Bob c'est mon mari, Sylvia, Sylvia hein, pas Sara, je l'ai eu, là! —, tiens-toi bien, on a finalement décidé de se construire, tu sais quoi?

Des tas de réponses lumineuses me brûlaient les lèvres. Carmen a pris l'air d'y penser, mais je voyais bien qu'elle s'en fichait un peu, elle était soûle raide et paraissait sur le point de tomber de sa chaise. Elle me laissait tout le poids de la conversation, c'était trop gentil de sa part.

— Un ca-ba-non !

Carmen a salué la nouvelle fracassante en rotant avec une retenue charmante, mais il n'était pas question que moi, je laisse passer ça.

— Tu n'es pas sérieuse ? Un ca-ba-non ? Tu veux dire une 'tite cabane de fond de cour ?

— Oui, mais pas n'importe laquelle, non monsieur, un super cabanon.

— Wow, oui, je vois le genre.

— Laissez-moi vous expliquer. Hum, Carmen, je peux manger le dernier ?

— Ben oui, mais j'espère qu'il te reste de la place, Sylvia a apporté un gâteau.

— Un vrai gâteau ?

— Ben non, un truc de démonstration en plâtre pour les vitrines. Ils étaient en solde. D'ailleurs, Carmen, tu devrais aller le chercher, je l'ai oublié dans ton sac-cadeau et il risque de sentir le parfum ou pire, de goûter le parfum, ce qui toutefois pourrait l'améliorer. Et puis j'en prendrais bien un morceau tout de suite, j'ai un petit creux.

— Tiens, bois.

Chrystelle a rempli mon verre. Elle m'aimait, c'était clair. Je lui permettais de s'emparer de mon attention comme jamais personne ne l'avait fait et de prendre au moins les trois quarts du plancher — l'autre quart me revenant puisque Carmen, qui logeait depuis le début aux abonnés absents, n'en revendiquant aucun — alors que son mari devait la bâillonner à la maison. J'en étais au quatrième petit verre et ma tête commençait à sonner des cloches, pas assez pour me faire perdre mon je-me-retiens-bien, mais suffisamment pour me donner une petite audace savoureuse, à mon sens en tous les cas. Quelle perte, j'étais de toute évidence la seule à comprendre mon humour. Chrystelle avait vidé une bouteille et demie, mais cela ne paraissait pas avoir de conséquences sur sa psyché, à moins que tout ce qui sortait de sa bouche depuis le début du repas n'ait été en partie dû au taux d'alcoolémie dans son sang. J'ai vu des gars complètement bourrés débiter des niaiseries similaires, au masculin, ce qui revient au même. Une connerie est une connerie, enfin, tout dépend de l'oreille dans laquelle elle échoue.

— Dis-moi, toi, Sylvia ma chérie, tu ne teins pas tes cheveux à ce que je vois ?

— Quoi, qu'est-ce que tu vois ?

— Ben, quelques cheveux gris, des blancs aussi, plusieurs en fait. Voualtèr ferait un tabac avec ta tête, car au fond, tes cheveux ne sont pas si mal.

— Bon, on va tout de suite mettre quelque chose au clair, si tu veux bien. Toi et Carmen, vous êtes bien libres de vous faire des têtes d'Halloween, mais moi, ça ne me dit pas. Tu vois, j'aime bien laisser la nature faire les choses, décider de mon sort, en tous cas pour ce qui est d'un truc aussi peu crucial qu'une couleur de cheveux. Je n'ai pas la moindre envie de me préoccuper tous les mois de savoir si c'est encore au point, j'ai des choses plus urgentes dans ma vie, tu vois. Et tu sais quoi encore? Moi, les cheveux gris, j'adore ça, chez les hommes et chez les femmes. Et tu sais quoi encore? Un jour, je me raserai la tête, pour voir ce que ça fait, car j'adore aussi les têtes chauves. J'irai voir ton Voualtèr, promis, si je me décide pour le coco.

— Ah ben ça alors! Carmen, viens par ici! Qu'est-ce que tu fais, tu es en train de te faire le gâteau à toi toute seule? Tu as entendu ça? Sylvia veut se raser la tête! Elle est bonne! Dis donc, tu as un sacré courage, toi, tu imagines les regards?

— Je ne peux pas imaginer qu'ils seraient pires que sur une tête comme la tienne qui a l'air d'une fontaine déversant des litres de Kool-Aid orange-citron hyper dilué.

Je n'ai pas dit cela, plutôt:

— Je me fous bien des regards. Je ne vais pas commencer à cacher les traces de vieillissement dès qu'elles apparaissent, ça n'aura plus de fin! Ce qui fait vieillir et avoir l'air vieux, ce ne sont pas les cheveux blancs, les rides qui strient ton visage de coulisses indélébiles et la colonne vertébrale qui se ratatine, mais l'attitude que tu adoptes devant tout ça. Il n'y a plus de place pour vieillir tranquillement et avec intelligence, dans notre société? Soit! Alors moi, je m'en fais une, place. J'aime ça, moi, avancer en âge, je me sens moins tarte, plus lucide. Il faut résister à tous ces diktats sociaux qui nous font consommer de la merde en nous faisant miroiter qu'on sera plus heureuse! On ne l'est pas plus! Tu as envie, toi, de te faire injecter des produits chimiques qui te paralysent la face alors qu'on te fait croire que ça efface les rides?

— J'y ai pensé, mais c'est vraiment trop cher. Regarde, j'ai des rides autour de la bouche, et encore là, sur le front, regarde quand je le plisse, et aussi autour des yeux, tu vois les horribles ridules? Ça me coûterait la peau des fesses, remonter une face maganée de même!

— Ah mon Dieu, tu as trop bu ou tu es vraiment comme ça?

— J'ai une troisième bouteille dans la glacière. Carmen! Qu'est-ce que tu fais? On a une super conversation féministe!

Super féministe, ouais. Je me suis levée pour aller au salon. Carmen était complètement écrasée dans un sofa, les bras ballants. Elle écoutait nasiller Rufus Wainwright en balançant une jambe et en chantonnant, les yeux fermés. Elle est amoureuse de Rufus, toutes les femmes sont amoureuses d'au moins un homosexuel une fois dans leur vie.

— Pourquoi me laisses-tu toute seule avec ton amie ? C'est toi qui reçois, c'est ta fête, c'est ton amie !

— Je sais, je sais pas, désolée, j'avais envie d'écouter de la musique et puis quoi, vous vous entendez bien, toutes les deux. Trois, ce n'est pas un bon chiffre, il y en a toujours une qui est éjectée.

Qu'est-ce que j'aurais donné pour que ce soit moi...

— Alors pourquoi l'as-tu invitée, au juste ? Pour me faire plaisir ? Pour les sushis ? C'est à toi de prendre part à la conversation, si on peut appeler ça une conversation. Trois, quatre, quelle différence ? On serait dix que ça serait du pareil au même, elle prend toute la place. Allez, viens, sinon je ne réponds plus de moi, là. Monte le son, si tu veux de la musique. Qu'est-ce qu'il y a ? Tu pleures ?

— Qu'est-ce qu'elle a, elle pleure ?

Chrystelle tenait nos deux verres de vin remplis à ras bord. Même contre le mur bleu clair du salon, elle ne parvenait pas à se faire oublier ; on ne voyait qu'elle, avec sa chevelure voualtèrienne.

— J'ai trop bu, j'ai dû trop boire, c'est tout. J'ai mal à l'estomac.

— Tiens, bois encore, il n'y a pas de meilleur remède.

— Tu es folle ? On ne sait pas, il y avait peut-être un sushi qui était pas bon. Ils sont tous pas bons à mon avis, mais il y en avait peut-être un vraiment pas bon. Tu as envie de vomir, ma chouette? Écoute, prends ton temps, reste ici le temps que ça passe, on retourne dans la cuisine et tu nous rejoins quand tu en as envie. Tu nous appelles si ton état empire. Viens, Chrystelle, on va se jaser ça.

Je l'ai empoignée par le bras, si fort que mes doigts se sont enfoncés dans sa chair. J'avais envie de le lui tordre, mais je ne voulais pas répandre de vin sur le tapis ocre du vestibule. Je l'ai laissée se rasseoir et suis allée à la toilette. Plantée devant la glace en position de guerrière, les bras en croix sur ma poitrine, j'ai regardé dans les yeux amandes-grillées-au-tamari de la fille du miroir et j'ai plissé les miens: pas de doute, c'était bien moi qui se trouvais dans cette galère. En respirant profondément, j'ai consulté mes cheveux grisonnants: «Ça va, les filles? Vous allez tenir le coup?» Quand j'ai réintégré la salle de torture, Chrystelle m'a accueillie avec un sourire désarmant. Elle avait de très belles dents, il faut le spécifier, des dents de siècles de soie dentaire, sans aucun défaut. Pendant une seconde, j'ai cru qu'elle allait me déclarer son amour.

— Tu sais, j'ai bien réfléchi pendant que tu étais aux toilettes. Tu as en partie raison, il faut s'aimer beaucoup pour ne pas céder à la tentation de retarder le processus de vieillissement et je te félicite: tu dois t'aimer beaucoup.

Ça m'a coupé le clapet. Elle avait vraiment dû beaucoup réfléchir, ne serait-ce que pour avoir réussi à aligner autant de mots sensés d'affilée. J'étais à la limite d'être impressionnée.

— Ce n'est pas ton cas?

— Bien sûr, je m'adore, mais pas tout le temps, pas assez pour me laisser devenir vieille avant mon temps, c'est certain. Et puis Bob, mon chum, ne tolérerait pas ça, que je m'arrange aussi peu. Avant que je parte, ce soir, il m'a regardée avec des yeux cochons et il a dit: «Ma gonzesse est un peu sexy, non, pour un souper de filles?» J'aime ça, qu'il me parle comme ça.

— Gonzesse?

— Oui, il est pompier.

— Et alors?

— Ben entre gars, les filles sont des gonzesses.

— Pardon, mais pas entre tous les gars, je regrette, je ne fréquente pas de gars qui parlent des filles en ces termes.

— Oh, si c'est ce que tu crois, alors tu es bien naïve. Devant toi, ils tiennent un langage et entre eux, ils en tiennent un autre.

Je n'allais pas m'obstiner sur ce sujet avec elle.

— Comme ça, tu sors avec un pompier? Je pense que ce sont tous des éjaculateurs précoces, non?

— Comment ça, tu en as déjà connu un, cachottière?

— Non, mais c'est clair.

Tant qu'à faire simple, j'allais faire simple.

— Quand on les voit tenir leurs gros boyaux, avec l'eau qui gicle d'un coup, sans aucune retenue, tu sais, l'image que ça suggère...

— Ah, je n'avais jamais pensé à ça. Ben ma fille, tu es voyante. Bob a en effet un petit problème de retenue, c'est vrai, mais bon, personne n'est parfait.

Ben là, je n'en revenais pas. Je voulais seulement rigoler, pas tomber dans le ravin des dysfonctions sexuelles. Même si j'en connais une traite sur le sujet, comme toutes les filles hétérosexuelles.

— Tu endures ça, toi? Remarque que ça ne m'étonne pas vraiment. Je veux dire, il y a des tas de femmes qui pilent sur leur jouissance et se rabattent sur la supposée tendresse. Et il te reproche de t'habiller comme une bombe sexuelle, en plus? Quoi, il a peur que tu ailles te faire arroser ailleurs avec plus de parcimonie?

— C'est un peu personnel, tu vois, je ne peux pas m'étendre sur le sujet dans son dos, ce ne serait pas correct. Il a tant de qualités. Regarde, par exemple, notre cabanon, je n'ai pas eu le temps d'en parler tout à l'heure. Tiens, Carmen, tu vas mieux? Viens t'asseoir. Tu veux que Sylvia te fasse un café?

— Non non, laisse faire, Sylvia, merci, je vais boire un peu d'eau et vous écouter parler. C'est quoi le sujet? Je n'ai rien manqué d'intéressant?

— Non, pas du tout. Chrystelle commençait à faire l'historique de son super cabanon, tu te souviens?

— Oui, mais je ne comprends pas, Chrystelle, tu as toujours dit que ta cour était trop petite pour y mettre autre chose qu'une piscine creusée.

— Je sais, mais j'ai changé d'avis la fin de semaine où Bob et moi sommes allés faire un tour en Estrie.

— Ah oui? Je ne pensais pas que les Cantons-de-l'Est étaient le royaume du cabanon.

— Je ne sais pas si ça l'est, mais j'en ai vu de si mignons que j'ai supplié Bob de nous en construire un. Il est si habile de ses mains.

— Oui? Ça te laisse une chance, pour les orgasmes.

— De quoi tu parles, là, Sylvia? J'en ai manqué un bout ou quoi?

Je pense bien avoir rougi. C'est rare et j'ai regretté de ne pas m'être levée pour aller voir ça dans le miroir. Je suis d'un naturel blêmasse, ma mère me pinçait les joues à tout moment, «pour faire venir le sang». Un jour, elle m'a même couru après avec une betterave pour me donner un peu de couleur, mais elle ne m'a pas eue, je l'ai menacée avec un gros zucchini. L'ivresse atténuant la pudeur et aidant à révéler les côtés intéressants de la vie privée des gens, même de ceux qui sont assis en face de nous à table, j'ai laissé se détendre mon je-me-retiens-bien.

— Ben oui, son mari éjacule précocement.

Je me surpassais, et je ne me sentais même pas coupable, ce n'était pas normal. Je suis une fille, les filles ont la culpabilité facile. J'ai vidé mon verre d'un trait et suis allée le remplir d'eau. Il me fallait mettre un frein sur la boisson, une fois pour toutes. Soûle, mon vocabulaire se décuple et j'en perds le bon usage.

— Ah oui? Dis-moi donc. Il a toujours été comme ça? Tu ne m'as jamais dit ça! Raconte!

Carmen était maintenant entièrement réveillée. Ses yeux brillaient d'un éclat que je ne leur avais jamais vu. On aurait dit des objectifs d'appareil photo, avec le flash allumé. Il n'y a rien comme les révélations-chocs concernant les problèmes sexuels des autres pour ramener à la vie une femme subissant un empoisonnement alimentaire, je venais de le découvrir.

— Bon, on est entre filles après tout. Je me prends un autre verre.

Elle s'est versé du vin à ras bord et a tout avalé d'un seul coup. C'était fascinant, je commençais peut-être à m'amuser. Surtout que, des sushis, il ne restait plus rien.

— On s'accommode de tout, vous ne pensez pas? Je l'ai toujours connu comme ça. Il compense, avec la langue. Je lui ai une fois demandé de consulter, parce que la langue, ça a des limites, elle n'a pas six pouces de long tout de même, mais il a dit que c'était un truc pour les tapettes et les femmes.

— Gonzesses, tu veux dire.

— Oui, mais vous savez, je peux très bien me satisfaire moi-même, moi aussi je suis habile de mes mains.

Carmen et moi avons ri de connivence : nous sommes habiles de nos mains, nous aussi. J'ai décidé de changer de sujet, mais elle, elle n'en avait pas l'intention. Ça m'est retombé dessus. Karma instantané.

— Et toi, tes orgasmes, Sylvia, ils sont comment ?

Elle y allait un peu fort, passer ainsi de ses problèmes de sexe aux miens, moi qui n'en avais d'ailleurs aucun étant donné qu'il n'y avait personne dans ma vie. C'est ce que je lui ai répondu, ça a eu l'air de la satisfaire, alors elle s'est mise à cuisiner Carmen, qui recommençait à verdir.

— Je pense que je vais vomir, si je ne me trompe pas.

— Ne prends pas de chance, va te cacher dans les toilettes. Ça va t'éviter de devoir t'étaler sur ton absence de vie sexuelle.

— Je voulais parler de mon cabanon !

— Attends qu'elle revienne, je suis sûre qu'elle ne voudra pas manquer ça. On n'a pas souvent l'occasion, par ici, au centre-ville, d'entendre une conférence sur les cabanons, on n'a pas de cour arrière, juste des balcons sur lesquels on est coincé avec nos petites tables de plastique blanc. Il est en quoi, au juste, ton hangar ?

— Ce n'est pas un hangar, attention. Il est en pure résine de synthèse, un super matériau.

— Je ne connais rien aux super matériaux. C'est quoi, de la résine de synthèse?

— C'est de la synthèse de laquelle on aurait extrait de la résine, enfin, quelque chose comme ça, mon chum m'a expliqué, mais je ne suis pas sûre d'avoir bien compris. C'est propre, ça se lave bien. Tout blanc, avec une petite fenêtre, je vais accrocher une boîte de fleurs, des pétunias.

— «Les pétunias que la brise échevelle en silence»...

— Tu dis?

— Rien, je pensais à une histoire que j'ai lue, une fille qui aime son chat plus que son chum.

— Ça se peut, mais pas moi. Même s'il a un petit problème, je ne l'échangerais contre aucun chat, ah ça non, madame!

Elle était pas mal éméchée. Il le fallait, pour penser qu'un chat pourrait être moins satisfaisant qu'un éjaculateur précoce. Carmen est revenue, toujours aussi verdâtre, en se tenant le ventre.

— Ça va, vous autres? Comment ça se fait que je suis la seule à avoir l'estomac à l'envers?

— Moi, je peux manger n'importe quoi, ça passe toujours!

— Moi, je n'ai rien mangé de vos cochonneries, ma petite tartine a bien passé, alors je sortirai vivante d'ici, ce soir, affamée mais vivante. Prends un Gravol, ça va te faire du bien.

— Je n'en ai pas, mais c'est une bonne idée. Je vais aller en acheter, prendre de l'air frais me fera du bien. Je peux vous laisser quelques minutes, le temps d'aller à la pharmacie ?

— Pas de problème ! Prends ton temps. Sylvia et moi, on a des tas de choses à se raconter, hein Sylvia ?

Chrystelle m'a donné une tape sur l'épaule. Elle y a laissé sa main, qu'elle a fait courir le long de mon bras. J'ai frissonné en pensant à mon fantasme de lesbienne cannibale, à ses habiletés manuelles et à son pompier. Je me sentais de plus en plus perplexe à son sujet, mais Carmen me plongeait également dans des abîmes de confusion. Si Carmen fréquentait une fille comme Chrystelle, comment pouvait-elle fréquenter aussi une fille comme moi et vice-versa ? Elle devait me trouver super emmerdante, lourde et souffrant de maladies mentales diverses, mais elle tenait à moi pour d'obscures raisons, tout autant qu'à Chrystelle, dont la propension à converser aisément sur les cabanons et autres joies de la banlieue devait la changer de mon penchant à toujours tendre vers les «vraies affaires».

Une musique tonitruante a interrompu mes pensées. Elle venait de l'extérieur : une autre voix nasillarde qui couvrait celle de Rufus. Richard Desjardins.

A-t-on idée de faire jouer du Richard Desjardins à tue-tête? D'un élan commun, nous nous sommes précipitées vers la fenêtre du salon pour voir d'où ça venait. Nos bras nus se touchaient, j'ai frissonné à nouveau, sa peau était d'une inquiétante douceur.

— Ça vient de l'autre côté de la rue. Il y a une BMW stationnée devant la maison, ce doit être un party du tonnerre.

— Je ne suis pas sûre de ça. Un party où on danse sur du Desjardins, pour moi, c'est louche. Regarde, un type vient d'accrocher la BMW avec son vélo! Il va s'en prendre une dans la gueule. Sympathique, non? J'adore le genre échevelé, t-shirt, jeans et godasses. Quelles godasses, d'ailleurs! On dirait des abeilles. Ouais, il est pas mal du tout.

— T'es folle, il a l'air crado. Je préférerais voir celui qui a la BMW.

— Chrystelle, tu es trop prévisible.

— Tu crois ça?

Elle s'est penchée vers moi et, avant que je n'aie pu réagir, elle a fondu sur moi. Je me suis laissé embrasser, bêtement. Son haleine sentait le poisson et la boisson, on faisait un fameux mix, avec mon *Cheez Whiz*. La tête m'a tourné, j'ai imaginé le portrait en un éclair : son pompier avait toujours désiré faire l'amour avec deux femmes et il attendait notre retour, assis à califourchon sur la rampe d'escalier, en se frottant l'entrejambe sur le bois.

Mes réflexions n'ont pas duré, Carmen est entrée avec fracas et Chrystelle a repris une posture digne comme s'il ne s'était rien passé d'anormal: la femme à la fenêtre qui espère rencontrer un proprio de BMW qui éjaculerait en *slow motion*. J'ai eu le sentiment d'avoir rêvé les dernières secondes.

— J'ai vu quelque chose de vraiment bizarre sur mon chemin.

— Quoi, une BMW tout égratignée par un gars jaloux?

— Non, une femme rondouillarde qui se cachait derrière un poteau de téléphone.

— Ça ne devait pas cacher grand-chose.

— En effet, elle dépassait de chaque côté. Mais le plus drôle, c'est qu'elle s'est mise à déchirer une enveloppe qu'elle tenait à la main. J'ai regardé ce qu'elle regardait: il y avait un homme qui sortait d'une maison, il embrassait une femme.

— Sa maîtresse, bien entendu. Elle allait lui porter une lettre anonyme quand, tout à coup, elle s'est rendu compte qu'il s'agissait de sa propre sœur avec son mari.

— Chrystelle, tu lis trop de romans à la noix!

— Non, ça arrive tous les jours! Ça m'est arrivé, à moi.

Je l'ai regardée intensément, question de voir si elle blaguait. Elle était sérieuse, son visage se crispait en une mimique qui m'aurait fait rire si ce n'eût été que je la sentais en un endroit d'elle-même où la vérité ne pouvait pas se cacher derrière une teinture à cheveux, sous des couches de tissu synthétique, derrière un poteau de téléphone, entre deux bouchées de sushis, dans un cabanon. Elle aurait pu pleurer, c'eut été le moment propice, une vraie page d'un savon de Danielle Steel. Carmen ne disait rien, elle déballait sa boîte de Gravol en fixant Chrystelle avec des yeux de raton laveur.

— Ta sœur a couché avec ton chum?

— Carmen!

— Non, elle a raison, c'est vraiment arrivé, vous savez! Et je ne suis pas un cas unique, ça arrive tout le temps, oui! Ce n'est pas anormal!

Mon dieu. Elle redevenait elle-même. La fille aux cheveux «bois franc laqué», à moitié soûle et aussi plate qu'une planche de *plywood* dévernie. Je ne sais pas pourquoi, pendant un moment, j'avais eu l'espoir que quelque chose de lumineux allait émerger de sa bouche, un truc gaga qui m'aurait fait changer d'avis sur elle. Chrystelle exerçait sur moi un effet mêlé de répulsion et d'attirance, l'attirance suscitant la répulsion, une répulsion provoquée par son ineptie crasse. Elle représentait pour moi tout ce que je déteste chez certaines femmes que j'évite: banalité, clichés, fausse féminité. Je n'avais de cesse de voir craquer ce beau vernis dont elle avait enduit, depuis toujours probablement, sa vie auréolée de perfection.

— Ben quoi, c'est normal, il voulait vérifier si c'était à cause de moi qu'il avait son petit problème!

— Et alors, c'était à cause de toi?

— Je ne sais pas, mais ça ne s'est pas réglé en tous cas. Et depuis, ma sœur ne me parle plus. Quand on est allés en Estrie, Bob et moi, pour une fin de semaine romantique pendant laquelle il n'a même pas pu éjaculer du tout, j'ai décidé que c'en était assez et qu'il nous fallait un cabanon. Tout le monde en a un.

Carmen et moi nous sommes regardées, consternées. Une toune des Smiths a remplacé la torture abitibienne chez le voisin, j'ai eu envie de m'éjecter dehors et de me précipiter sur leur plancher de danse pour m'abasourdir l'esprit un peu, comme s'il ne l'était pas déjà suffisamment. J'ai pensé à Jeanne-Marie, qui devait se faire chanter la pomme par un beau poète, et j'ai presque regretté de ne pas l'avoir accompagnée. Un peu de poésie ne fait de tort à personne, de temps en temps. Je nageais en plein mélo psychotique, ce n'est pas tout à fait ma tasse de thé. Autant s'intoxiquer avec des vers.

— Je pense que tu as trop bu, ma belle Chrystelle. Carmen, va donc lui faire du café.

— Oui, oui, tu as raison, elle a trop bu. Je vais d'abord prendre un Gravol, je ne peux pas dire que je me sens si bien non plus.

Des traces de rimmel dessinaient de grandes flaques informes sous les yeux de Chrystelle et lui conféraient un regard de style terrain vacant. Elle me rappelait les clowns de Muriel Millard, c'était assez pathétique, mais je ne riais pas, je n'en avais même pas envie.

— J'ai toujours voulu un cabanon, depuis que je suis toute petite. Une petite cabane dans laquelle j'aurais pu me cacher pour jouer à la poupée, tu sais, lui faire prendre le thé dans de petites tasses blanches décorées de petites fleurs bleues, lui servir des gâteaux encore chauds sortis de mon four Betty Crocker, j'aimais tellement ça cuisiner dans mon petit four, jusqu'à ce que l'ampoule m'éclate dans la figure.

— Oui, tout ça ou encore y avoir tes premières expériences sexuelles, ça se passe souvent dans ces endroits sombres et exigus, entre les clubs de golf et la tondeuse.

— Pas pour moi. Ça s'est passé sur le siège arrière de la voiture de Bob. Il a été mon premier homme, à 19 ans.

— Ouais ben, ce n'est pas de chance, vraiment.

J'ai regretté mes paroles, je risquais de faire couler un potentiel océan de confidences. Mais elle était partie pour se jeter à l'eau.

— Mais non, comment savoir de toute façon, je n'ai rien connu d'autre. Toi, tu es différente, tu sembles avoir beaucoup d'expérience de la vie, tu as l'air de t'aimer, tu t'exprimes bien, beaucoup en tous les cas. Tu n'as pas peur de ce que les autres vont penser de toi, tu te promènes comme ça les cheveux au naturel, pas placés, tu as un style spécial, un peu garçon, tu n'as même pas l'air d'avoir l'âge que tu as, tu as une silhouette... Oh je ne dis pas que je t'envie, que je voudrais être comme toi, mais...

— Bon, ok, arrête, là. Qu'est-ce que tu cherches à dire, au juste ? Tu le sais très bien que je ne suis pas une fille à cabanon, alors arrête ton char et viens-en au but.

— Es-tu lesbienne ?

— Ah là, j'en ai assez. C'est la teinture chimique de Voualtèr qui s'est infiltrée par les parois de ton crâne et t'a obstrué les cellules grises ? Carmen, viens ouvrir tes cadeaux, je pars bientôt.

— C'est que Bob et moi...

— Oui, Bob et toi ? Et vous voudriez le faire dans votre nouveau cabanon, peut-être ? Je pense que tu devrais y effectuer une petite retraite, c'est très zen, un cabanon. Tu pourrais l'utiliser comme lieu de réflexion, sur toi, ta relation névrotique, ton problème d'identité, tes lectures édifiantes.

— Sylvia ? Peux-tu venir ? Je ne vais pas bien, là.

— Toi, tu ne bouges pas, je vais revenir pour finir de régler ton cas.

Je n'ai pas dit cela. Je l'ai regardée tristement. J'étais déçue. Carmen se tenait à genoux devant le cabinet de toilette. Elle vomissait en contractant son corps, comme un chat qui essaie d'éjecter une boule de poils. J'aurais dû deviner qu'une soirée de sushis ne pouvait que mal se terminer. J'ai mouillé une débarbouillette que j'ai appliquée sur son front, pendant qu'elle rendait la nourriture. J'ai pensé : « Quel gâchis ! Combien de pizzas, de poulets, de mets chinois on aurait pu se payer avec ça ? » Puis, je m'en suis voulu. Elles avaient été heureuses tout le long de leur dégustation, je devais être jalouse, voilà tout. Qu'était un peu de vomi pour un peu de bonheur ?

Je me suis assurée que Carmen n'allait pas rendre l'âme en même temps que les sushis et je l'ai mise au lit, avec le sac-poubelle-cadeau. Chrystelle était toujours au salon, affalée dans le sofa. Je suis allée m'asseoir près d'elle. Aucune de nous deux n'a parlé. Deux petits grains de caviar ornaient son corsage bleu, deux petits yeux vides fixés sur moi qui tentaient éperdument de me dire quelque chose. Je les ai cueillis du bout de l'index et les ai portés à ma bouche. Ils ont éclaté sur ma langue. La boucle s'est bouclée. Chrystelle me regardait, deux petits yeux vides fixés sur moi ; elle tentait éperdument de me dire quelque chose. Je n'avais plus qu'une envie : me tirer de là.

Je suis allée tout droit chez le voisin. J'ai contourné la BMW pour constater l'égratignure, une longue estafilade qui rendrait son propriétaire dingue. Radiohead hurlait, maintenant. C'était ce qu'il me fallait, assourdir mon bourdonnement interne. Personne ne m'a embarrassée lorsque je suis entrée dans l'appartement, un grand loft éclairé par d'immenses chandeliers néo-gothiques. J'ai traversé le mur opaque de fumée de cigarette, passé entre les tables de sniffeurs de poudre et enjambé les fumeurs de joint, en ignorant les mains tendues vers moi en offrandes. Je voulais seulement danser, pour me vider la tête et me la remplir à neuf, pour essayer de redevenir qui j'étais avant le début de cette soirée où mes excès d'ironie, ces sous-produits de l'humour, m'avaient déprimée au plus haut point. Ce contact trop prolongé avec une femme comme Chrystelle avait fait surgir de mon esprit ce que je déteste le plus de moi et qui ressemble à ce que je déteste le plus chez les femmes que j'évite, alors voilà, maintenant, je me détestais. De grandes folles habillées comme des parachutistes se trémoussaient sur la piste de danse, et une autre, en faux tutu de ballerine, cherchait à allumer l'égratigneur de BMW qui, lui, prenait tout le plancher en faisant des moulinets incompréhensibles avec ses bras. Il était bourré, les autres l'étaient aussi, ils balançaient leurs tronches en mouvements désaxés, *stones*, sous *extasy*, tous imbibés de substances illicites et costumés comme pour l'Halloween. Je n'en pouvais plus, tout me semblait si artificiel, si improbable. Le temps de traverser cette horde bigarrée d'*aliens* grotesques, je me suis retrouvée dehors, dans ma voiture et, chose que je ne fais jamais, j'ai crié, crié à pleins poumons en roulant vers chez moi ; et si j'avais eu la chance de posséder un cabanon, je m'y serais enfouie en arrivant pour crier, crier davantage.

Heilchimie!

Franchement, chérie d'amour, ce congrès est assommant. Depuis ce matin, on nous assoit sur des chaises aussi confortables que des bancs de parc et on nous bombarde le crâne d'inepties. Tu te souviens de ce film soporifique qu'on a vu en Grèce (on voulait échapper à la chaleur et la salle n'était même pas climatisée), avec des sous-titres en anglais qu'on aurait dit écrits par un élève du primaire? Tu avais bougonné tout du long! Ces conférences sont aussi tuantes, sauf qu'ici, il n'y a pas de sous-titres pour me faire rigoler ni tes cuisses à pincer, juste des types qui se fendent la gueule en quatre pour se faire comprendre de tout le monde. Parce que c'est full ethnies, ici! Bigarré au max. Ça sent toutes sortes d'affaires exotiques, j'ai l'impression d'être dans Côte-des-Neiges. *Ciao, darling.* Pedro.

San Diego, 17 novembre 2003

Ma pitounette, une carte postale par jour, écrite en petitpetitpetit, est-ce que c'est trop? Montréal me manque, avec sa chnoutte du mois de novembre, et toi aussi, mon petitpetitpetit péteux. J'ai mal dormi la nuit passée. Il y avait je ne sais pas qui dans la chambre d'à côté qui brassait du lit contre le mur où est appuyé le mien. J'ai couché la tête au pied, un oreiller dans la face. Je ne suis pas mort étouffé, la preuve, je t'écris. Je pensais à toi qui fais la même chose quand je ronfle et qui te lèves le lendemain en ronchonnant, les yeux tout bouffis. Ce n'est pas drôle. Je te promets d'apprendre à ne plus ronfler. Y a pas grand monde qui retient mon attention, ici. À part cette chimiste allemande. Peut-être parce qu'elle me rappelle toi quand je t'ai connue, lorsque tu portais les cheveux de cette manière que j'aimais tant, à la garçonne, très raides. Mais t'en fais pas, elle a son gorille, et moi ma belle, là-bas, à Montréal P.Q. Tu m'aimes aussi, ma petite tasse de porcelaine? Ton gros pot de grès. XX

San Diego, 17 novembre 2003

Encore moi, petit monstre. Tu me manques, même si tu étais si pas fine le jour de mon départ (et que tu te servais de ton syndrome prémenstruel pour te justifier, comme d'habitude). Je dîne seul. À la table de droite, la chimiste et le gorille mangent sans rien se dire (confirmé : le boucan d'hier dans la chambre voisine, c'est eux !). Ils me rappellent nous, la fois où tu as boudé toute la soirée parce que je t'avais dit que tu me faisais bander davantage lorsque tu avais les cheveux courts. Tu m'avais traité de pédé, et on avait bouffé des homards, en silence. Je t'avais fait craquer en essayant de t'attraper le nez avec la pince. Ces deux-là n'ont pas notre charme et aucune chance de se réconcilier ce soir. Je vais bien dormir. Mais assez d'eux. Parlons de nous. Oups ! Dommage, y a plus de place, héhé. *Ich liebe dich.* Peter.

San Diego, 18 novembre 2003

Me suis levé du pied gauche ce matin, tu sais, celui sur lequel tu aimes marcher. Mais la journée a bien commencé, avec la première conférence qui se trouvait à être celle de la chimiste ; elle a réussi à ne pas me faire bâiller. Ses travaux sont pas mal du tout. Jamais autant que les miens, bien sûr ! Te parler au téléphone tout à l'heure, même si je vais devoir me priver de dessert pour assumer la facture, m'a donné un coup de fouet. Tu as raison : le monde de la chimie ne peut pas se passer de moi ! Je serai bon, ce soir, à 19 h. Je te défends d'écouter un téléroman. Je veux que tu médites pendant mon *speech* (attention au décalage horaire) et que tu m'envoies des tas de Oms électromagnétiques que tu feras voyager à travers l'espace intersidéral jusqu'à ton crack de la chimie favori. Ma belle sorcière. Ton P.

San Diego, 19 novembre 2003

Maudite marde de vie. J'ai été pourri, hier soir. Me suis trompé de transparent deux fois, j'ai bafouillé, me suis enfargé dans le fil de la machine, et je ne te dis pas tout. Je suis sûr que tu as écouté ton téléroman, vlimeuse. Mais ce n'est pas grave; j'ai eu la compagnie de la chimiste et de son grand singe au bar de l'hôtel pour me consoler après ma débâcle. Tu avais vraiment la même tête de cheveux qu'elle il y a deux ans; quand je la vois de dos, on dirait toi. Sauf qu'elle n'a pas tes *freckles* entre les omoplates, haha. Elle m'a rassuré à propos de ma conférence et posé des tas de questions sur mon projet, avec son accent qui me grafigne l'échine de haut en bas. Son singe ne disait pas grand-chose; il faut dire qu'on ne lui en laissait pas l'occasion. Bon, y a plus d'espace. Faudra que je trouve de plus grandes cartes. Bye. Pierre.

Le 20 novembre, San Diego à gogo

Allô cocotte ! Belle journée ! Congé de confé-rence de *freaks*, aujourd'hui. Sommes allés mar-cher dans la ville, Magda (c'est la chimiste) et moi. J'aurais voulu te trouver une babiole, mais on a tant tourné en rond que les boutiques ont eu le temps de fermer. Je pensais à ta mère quand elle dit : « Tant qu'y a assez de bleu dans le ciel pour coudre une culotte au p'tit Jésus, c'est qu'y va faire beau ! » Hé ben y avait assez de bleu aujourd'hui pour lui faire un deux-pièces *king-size* ! L'air ici est doux comme une caresse (pas la tienne, hérisson) et à Montréal, pauvre petite laissée-pour-compte, tu dois te promener dans ces bottes de pluie en caoutchouc qui te servent de moyen de contracep-tion. (Sont tellement hideuses ! Jette-moi ça avant que j'arrive !) J'ai eu ton message à la réception de l'hôtel. On est rentrés trop tard pour que je te rap-pelle. Mais je suis fou de t'écrire ça sur cette carte que tu recevras dans une semaine, surtout que je vais te téléphoner demain. Salut poulette. Ton Pierrot.

Le 21 novembre, toujours San Diego

Tu ne parlais pas gros au téléphone, ce matin. Je sais que tu trouves ça difficile, ces voyages où je te laisse derrière. Mais si je t'emmenais, je n'aurais pas une minute pour toi et tu t'embêterais à mourir. Si je ne m'occupe pas de toi, tu deviens comme une marionnette abandonnée. Je te connais, essaye pas! En fin de journée, on est allés voir un film pourri à la cinémathèque d'un quartier *in*. J'ai tellement ri que mon popcorn s'est ramassé sur la jupe de Magda. Ses bas étaient tout gras de beurre. On a ri encore plus. Ça m'a rappelé la fois où j'ai renversé les chips au barbecue sur ta petite robe jaune pendant *Alien 4*. Je pensais que tu ne m'adresserais plus jamais la parole. Demain, il y a un type d'Allemagne qui va parler de... ah et puis, tu n'y comprendrais rien. Ses sujets de travaux rejoignent les miens. Magda m'a dit qu'il pourrait me fournir des contacts. Je vais me coucher. Bonne nuit, *Fräulein*. XX Pierre.

Le 22 novembre 2003

One postcard a day keeps the doctor away. C'est vrai? Écoute, je ne comprends pas que Charles s'amène dans le décor sitôt que j'ai le dos tourné. Tu sais qu'il a l'œil sur toi. Je n'en revenais pas quand tu m'as conté ça, ce matin. Pis qu'en plus tu l'aies invité à souper. C'est de la torture mentale que tu me fais vivre là! Je suis à l'autre bout du monde! Ça m'apprendra à t'avoir rappelée pour m'assurer que tu allais mieux. Bon, ok, je ne me choque pas. Surtout que ça va bien. Magda m'a présenté à l'Allemand et je suis sur sa liste comme conférencier invité pour le prochain congrès de chimie qui va se tenir à Munich. Une sacrée plogue! On est allés fêter ça tous ensemble. Au fait, le gorille de Magda est retourné chez eux, à Seattle. Tu vois bien que les conjoints s'ennuient, ici. Ils ne vont pas du tout ensemble, d'ailleurs. Que veux-tu, on ne peut pas être tous assortis comme toi et moi. Bye. *Watch* Charles! Peter XX

Le 23 novembre, Freeway 1 Motel, San Diego

On a eu l'après-midi de relâche. J'ai fait du shopping avec Magda qui s'est trouvé une robe assez chouette. J'ai pensé t'en prendre une pareille, mais je ne suis pas sûr de ta taille. Tu changes tellement du bedon! San Diego est pas mal *flyée* par endroits. Magda est déjà venue, elle me promène. Elle est exécrable comme guide et conduit sa décapotable comme une dératée, mais je m'amuse comme un fou. On a visité un musée, tu aurais adoré. Il y a une salle consacrée à ce type, cet Américain que tu as étudié et qui peint des horreurs, tu l'adores, merde, j'ai perdu son nom. Bon, je t'abandonne à ton sort. On doit se coucher tôt ce soir, parce que demain, c'est du *non-stop*. Au fait, on a changé d'hôtel, M. et moi. L'autre était trop bruyant. On partage une chambre, c'est plus économique. Elle ne laisse pas traîner ses brassières partout comme quelqu'un que je connais! De toute façon, elle ne pourrait pas, elle n'en porte pas, ha ha! Bye l'amie. XX

Le 25 novembre 2003

(À cette date, tu as bien dû recevoir ma première carte, non?) Je ne sais pas où je serai quand tu prendras connaissance de celle-ci, puisque j'ai décidé de prendre des vacances après le congrès. Ce n'est pas tous les jours qu'on a les pieds en Californie, autant en profiter. Dommage que ton travail ne te laisse pas la possibilité de nous rejoindre, hein? Le gorille de Magda a mal pris le fait qu'elle étire son séjour. Il n'apprécie pas qu'on ait des atomes crochus. Il y a des couples où la confiance fait défaut, et qui ne savent pas se laisser respirer. Ne m'en veux pas si je ne te téléphone pas davantage. Salue Charles pour moi. Je t'appelle quelques jours avant mon retour. À bientôt. Pierre.

P.-S. Téléphonerais-tu à ma mère le 3 décembre pour lui souhaiter un bon anniversaire de ma part? J'ai peur d'oublier.

Le 12 décembre 2003

Pas eu le temps de t'écrire avant. Me voilà de retour à San Diego, prématurément. Ça n'a pas trop bien été avec M. Je te ménage les détails. Elle a beau avoir tes cheveux de jadis, je te jure, elle n'a pas ta tête. Je plains le gorille. Il faut que je retourne au premier hôtel, le Fairplay; j'y avais oublié un document, et ils m'ont dit qu'il y avait un paquet pour moi en plus. Je vais t'appeler de là. J'espère que tu ne m'en as pas voulu de mon long silence. J'avais besoin de vivre des choses. J'ai hâte de te revoir, d'embrasser ton long cou sous ta queue de cheval, de souffler entre tes omoplates, de réentendre ta voix, ton rire. Je pourrais t'appeler, mais je préfère laisser durer le plaisir de l'attente. C'est fou, il me semble que j'ai changé. Je me sens comme à notre premier jour. Je suis ton con romantique. *Forever.*

.

Montréal, le 2 décembre 2003

Mon Pierre, c'est à mon tour de t'écrire une crisse de carte postale, écrite en petitpetitpetit, endos-envers, tant pis pour l'image. Tiens, reprends les tiennes; si certaines sont gondolées, c'est à cause des larmes que j'ai braillées dessus en lisant entre les lignes. Je sais pas où tu en es avec ta *Fräulein*, si ses cheveux ont allongé d'un pouce et que tu t'en es lassé, mais pour moi, c'en est assez. Tu as écorché ma confiance. J'ai tangué tout ce temps entre l'incertitude et les fabulations, dès que tes cartes se sont mises à pleuvoir comme des gouttes de pluie acide dans ma boîte à «mal». Ma tête a failli éclater. Non mais, tu me prends pour une dinde? Magda par-ci, Magda par-là... Tu es complètement inconscient, ou quoi? Ton ami Charles a été assez fin pour me soutenir alors que tes envois me coupaient davantage et davantage le cœur en petits lambeaux; il l'a recousu à force d'affection. Tu trouveras l'appartement en ordre à ton retour, puisque j'ai casé tes complets Armani dans 147 valises. Je serai absente jusqu'à la fin du mois, besoin de prendre l'air moi aussi. Ça te donnera l'occasion de venir prendre tes affaires. Laisse la clé sur la table. Dommage que je n'ai pas envie de te voir la face, parce qu'y a une gifle qui me démange la main. Que veux-tu, la chimie disparue, ça me rend physique... Bonne chance avec tout, imbécile. Ta «marionnette», pour reprendre ta délicieuse expression, a coupé ses fils. *Heil!*

San Diego, le 14 décembre 2003

Salut, m'man. C'est ton gars. Bien sûr, tu vas dire que j'ai encore oublié ta fête, mais j'avais une bonne excuse cette fois-ci. Comme tu vois, je suis en Californie où s'est étiré un congrès de chimie. Je serai de retour à Montréal d'ici quelques jours. J'espère que ça ne te dérangera pas que je débarque chez toi ? Ne t'en fais pas, tout va bien. C'est bien possible que ma petite mère me manque... Je te rapporte un souvenir *made in USA*. Ton Pierre XX

LE CERCLE DE POFFE-ROYALE

*N.B. Toute ressemblance avec des personnes
ou situations réelles serait fort embarrassante.*

Ils seront bientôt là. Juan se hâte de mettre la dernière touche au décor en dispersant quelques
bouquins ici et là, surtout là puisque Jean-Robert
choisit toujours ce fauteuil et qu'il aime se détendre,
en attendant les autres, en feuilletant n'importe
quoi de moins bon que ce qu'il écrit, avant de commencer à lire ses propres poèmes. Paul Éluard, il
déteste Éluard qu'il traite d'enfant d'école, ça ira.
Comme Jean-Renaud préfère se vautrer dans le
coin fenêtré en lisant de vieilles choses qui n'inté-
ressent personne d'autre que lui, Juan dépose une
édition rare des lettres de madame de Sévigné sur
la table en rotin dont le dessus est brûlé par des
mégots distraits, signe bienveillant de la réussite
de leurs soirées. Quand la poésie est bonne, l'esprit est ailleurs qu'aux conventions, et on ne se
préoccupe pas d'écraser son cigare au bon endroit.
Bien sûr, il dispose quand même des cendriers sur

toutes les surfaces et même sur le sol, car Jean-Patrice et Jean-Barthélémy aiment se prélasser sur les tapis turcs en écoutant réciter Jean-Frédéric, qui sait si brillamment évoquer de lointaines contrées. En général, Jean-Patrice s'endort, la tête dans les motifs betterave et vert forêt. Il dit absorber mieux le divin des mots en somnolant et cela doit s'avérer, puisqu'il peut les réciter sans faute à son réveil. Il y a du mystique dans cet homme, des dons insoupçonnés. Jeanne-Marie est également censée venir et, comme il n'y a jamais eu de femmes jusqu'à maintenant aux soirées Poffe-Royale — pas qu'elles n'aient pas été les bienvenues, mais aucune femme-poète ne semblait jamais vouloir se mesurer à un tas de poètes aguerris, malgré les conviviales invitations envoyées — Juan est bien embêté de savoir où diable elle préférera se tenir. Probablement dans le petit fauteuil en rotin rose, celui qui n'accueille jamais personne puisque seul un derrière délicat et ferme peut y trouver son confort. C'est un fait que les poètes, privilégiant la gymnastique lyrique à la gymnastique musculaire, deviennent parfois gras, parfois mous, mais quelle importance, soyons mous, soyons gras, mais soyons là ! Il place le fauteuil à proximité de celui de Jean-Renaud, rotin contre rotin, en espérant que ces deux-là feront une jolie paire. De toute manière, il faut laisser de la place à l'improvisation, sinon où iraient-ils en tant que créateurs, ma foi du bon Dieu ? Bon. Comme

Jean-Hilaire et Jean-Pascalin ne se présentent toujours que sur un coup de tête, ou plutôt s'ils considèrent leurs derniers textes dignes d'être lus devant un public expert et exigeant, inutile de prévoir des sièges supplémentaires. S'ils osent venir, ils n'auront qu'à rejoindre Jean-Patrice et Jean-Barthélémy sur la moquette. Juan y ajoute deux cendriers, mais pas celui en forme de tulipe, qui vient de sa défunte grand-mère Rosanita. Il y a un mois, lors d'une soirée spéciale rilkienne où tout le monde s'est retrouvé à moitié ivre, et de boisson et de (ses propres) paroles, son cendrier byzantin a disparu. Depuis ce temps, Juan a développé des doutes quant à l'honnêteté des poètes. Surtout celle de Jean-Patrice. S'il peut se rappeler ce qui se dit pendant son sommeil, il peut tout autant dérober des objets en dormant sans s'en apercevoir ou même consciemment, ce qui est encore pire. Et puis, il a une tête qui ne revient pas à Juan; il met trop de *modeling mud* dans ses cheveux, ce qui laisse des traces grasses sur les tapis turcs, des tapis pas piqués des vers qui lui ont coûté un prix fou à faire importer. Un poète ne devrait pas être si coquet, un poète devrait être une ode à la nature, au naturel, à ce qui est. Juan se dépêche, avant l'arrivée du premier invité, de rectifier le tracé de son *eyeliner* autour de son œil gauche, une seule ligne autour de l'œil gauche, qui lui confère un air mystérieux. Personne n'a deviné d'où lui vient cet air de mystère, c'est son secret,

il adore jouer de cet œil en lisant sa dernière
œuvre, une œuvre elle aussi tout empreinte de
mystère. Le mystère, c'est son affaire. Il se badi-
geonne le derrière des oreilles avec un échantillon
de Narcisse n° 2, la nouvelle fragrance de Christ-
T'en Dehors, qu'il a piqué dans la revue *Poètes de
l'aujourd'hui*. Il est prêt.

Jeanne-Marie arrive en avance sur tous les autres. Juan est embarrassé, elle n'a rien apporté qui
se boive ou se grignote, à part un affreux chat en
peluche qu'elle tient collé contre elle et qui n'a
rien de comestible. C'est son gri-gri, c'est grâce à
lui qu'elle a remporté le prix Mimille-Gilligan l'an
dernier. Tout au long du processus d'écriture, il se
tenait assis près de son ordinateur et lui faisait un
clin d'œil dès que ça n'allait plus, dès que le décou-
ragement, le doute et l'envie d'en finir avec la vie
et la poésie s'emparaient d'elle. En effet, les yeux
du chat sont mobiles. Juan réprime un frisson d'horreur et lui offre un verre de blanc, rose, rouge ou
brun. Il la fait pivoter vers le salon, la prévenant
dès qu'elle s'apprête à mettre le pied sur un cendrier, et l'assied dans le fauteuil rose avec son
toutou épluché, ce qui crée finalement un très joli
portrait qui, il le sent, inspirera la décadence s'il y
a du temps pour les cadavres exquis en fin de soirée, surtout si elle continue à tirer ainsi sur sa jupe
toutes les minutes. Les autres déboulent tous en
même temps. Le corridor n'est plus, pendant un

instant, que cris et chuchotements, stupeurs et trem-
blements. Une arrivée de poètes en pleine forme,
c'est si prenant. Juan attrape les manteaux, serre
des mains, essaie autant que possible d'éviter les
baisers piquants de Jean-Patrice et Jean-Barthélémy,
étant donné son orientation latino-masculine pro-
féminine, et offre un verre de blanc, rose, rouge
ou brun. Apparemment, il sera le fournisseur ex-
clusif de la soirée. Personne à part lui n'a reçu de
subvention du Conseil des arts récemment.

Les minutes qui suivent sont un brouhaha de paroles et de gestes sans trop d'intérêt pour qui que
ce soit, ni même pour ceux que cela concerne, un
camouflage du vide avant le grand remplissage.
Des cigarettes, cigarillos, cigares, pipes s'allument,
en une seconde on ne voit plus rien ni personne,
mais tout le monde sait qui est où, par habitude
sinon par intuition, sauf Jeanne-Marie qui frotte
ses yeux et ceux de son chat. Jean-Patrice et Jean-
Barthélémy s'affalent comme prévu sur les tapis et
Jean-Renaud regarde d'un air inquiet Jeanne-Marie
qui n'en finit plus d'étirer sa jupe sur ses genoux.
Il est vrai que la chaise rose est un peu mal foutue
pour accueillir un derrière plus large que sa surface, surtout un derrière un peu court vêtu. Jean-
Robert se plonge dans les vers d'Éluard en ricanant,
rentre son gros ventre, visible entre les pans écar-
tés de sa chemise, tasse son cigare au coin de ses
lèvres et crie pour surmonter le vacarme ambiant :

«Écoutez ça, ha! ha! Myrtille lave galon cigare Léthargie bleuet cirque fusion... ha! ha! quel con, ce type!» Jeanne-Marie devient cramoisie, elle souffre. Doit-elle répliquer, corriger l'impertinence, damer le pion à ce fat ignorant dont les lèvres répugnantes sucent la cause d'un cancer imminent, surmonter sa gêne? Si, il le faut. «Combien reste-t-il de ces mots Qui ne menaient à rien Mots merveilleux comme les autres Ô mon empire d'homme Mots que j'écris ici Contre toute évidence Avec le grand souci De tout dire», puis elle éclate en sanglots. Ils applaudissent, des bravos fusent. Sa jupe est remontée jusqu'à mi-cuisse, elle se mouche, se sentant presque coupable d'aimer un poète qui semble honni de la communauté dans laquelle elle se trouve. «Jean-Bob, c'est toi le con!» Jean-Renaud est hilare, il applaudit encore, il se sent amoureux de la ronde poète éluardienne, comme tous les autres, tout à coup. Il faut dire que le rouge est bon, que le brun est surprenant et qu'il en coule à profusion. On lève son verre à Juan, qui traite si aimablement ses invités. Quelques joints circulent, le but ici étant d'ouvrir davantage les vannes de l'esprit, bien entendu, pas de se droguer. Juan tape dans ses mains pour signaler que le moment est venu de faire les lectures, de «célébrer par les mots les beautés de la vie». En ânonnant cela, il exhale 220 produits chimiques en direction de Jean-Frédéric. «À toi, Jean-Fred.» Jean-Fred dépose sa 29e Gitane de la journée dans le cendrier de porcelaine, sans se douter que d'ici quelques jours, on lui diagnostiquera un cancer du larynx, ce qui est fort dommage étant donné qu'il a une si belle voix, un tantinet éraillée, mais qui convient si bien aux lectures de ses textes à saveur ethnique. Une fois laryngectomisé, il n'en sera plus de même, car réciter des poèmes à travers un appareil de réhabilitation de la voix n'est pas une mince affaire, d'autant plus que personne n'en comprendra un mot, mais que personne n'en dira rien, par peur de le blesser. On fera semblant, on applaudira, et on le regardera avec pitié et curiosité fumer à travers le trou dans sa gorge. En attendant, il jouit encore de son organe et caresse les oreilles de ses amis avec des mots à coucher dehors, mais dehors en Alaska, pas à Montréal, ce qui est différent et bien plus beau. Ses vers dessinent des paysages d'une blancheur immaculée, qui se perdent avec grâce dans les volutes sales de la fumée ambiante. «Blanche est la vie qui bat» remporte l'assentiment des poètes, leurs «Oh!» et leurs «Ah!», c'est le poème le plus vibrant qu'il ait jamais écrit, tout comme celui du mois passé et de celui d'avant et ainsi de suite. Jean-Fred feint l'indifférence et, avec un geste théâtral évoquant la queue d'un paon qui s'ouvre, offre à Jean-Barthélémy de prendre la parole. Il ouvre la bouche pour cracher un rond de fumée bleuâtre et soupire: «Bleu. Bleu, blanc, bleublancbleublancblanclebleu» et tire sa révérence. Jean-Patrice éclate de rire, il ne dormait pas ce coup-là. Il se lève en écrasant paresseusement sa Du Maurier *light*, prend une grande respiration qui gonfle étrangement ce torse qu'il a si étroit et chuchote, en étirant chaque syllabe : «Rouge. Rouge, brun, rouge.» Dans cette cage thoracique anémiée dorment, sans qu'il en sache rien, quelques métastases aux couleurs semblables qui attendent patiemment d'avoir toute la place nécessaire pour métamorphoser le corps entier. Juan se met de la partie avec son «Mauvelilas, mauvelilas, ah! lilasmauve, mauvelilas et coquelicot pourquoi pas.» Tout le monde y va de sa couleur, et bien que le salon devienne peinturluré de radieuses poésies prismacoloriennes, de couleurs réelles et inventées, aucune ne traverse le gris ambiant qui flotte autour des têtes, qui sature l'oxygène. Mais on se bidonne, on s'éclate, la vie est un poème multicolore, n'est-ce pas, et non un mortuaire cortège de teintes funèbres.

Jeanne-Marie se protège le nez avec son pauvre chat qui maintenant, comme tout le reste, pue le diable et l'enfer du diable. Elle ne rit pas du tout, sa gorge est enrouée et ses yeux brûlent. On l'interpelle : «Alors, notre Mimille-Gilligan, quelles sont tes couleurs?» Elle reste assise avec sa jupe remontée à l'aine et hurle : «Gris, gris souris, gris chat, gris poumon, grisonnante grisaille, vous me dégrisez, *grisses* de cons déjà vert-de-gris!» Puis, elle et son chat et sa jupe se lèvent sous un tonnerre d'applaudissements et traversent le salon sans toucher qui que ce soit ni quoi que ce soit, ce qui est un acte de création en soi, un *happening*, une performance, puisque tout le monde est n'importe où et n'importe comment, emporté par l'ivresse, la complicité, la joie de respirer le même air, une fois de plus. Les lectures se poursuivent, personne n'a jugé bon de commenter le départ de Jeanne-Marie pour ne pas risquer d'altérer l'atmosphère bon enfant de la soirée. Toutefois, au bout de deux heures, peut-être trois, difficile à préciser, le temps passe si vite quand on partage le même langage, des bâillements se font entendre, comme de petites détonations perturbatrices. Jean-Patrice et Jean-Barthélémy décident d'un commun accord de lever les pieds, suivis par Jean-Renaud, qui n'a de toute façon presque rien dit de la soirée — qu'est-ce qu'il faisait là, pardi, il y avait une partie de hockey à la télé !

Il fait bigrement froid, dehors. Contre le mur d'un bâtiment, une vieille dame sans abri semble somnolente, ou morte, enrobée dans des sacs et des journaux. Une écuelle de métal posée devant elle exhibe quelques pièces insignifiantes. « Regarde comme c'est beau. Tu as vu la manière dont sont rassemblés ses paquets autour d'elle ? On dirait les ailes d'un oiseau préhistorique et mélancolique. » Jean-Barthélémy et Jean-Patrice s'arrêtent devant la femme et la contemplent un instant, inspirés. Ils pourraient écrire un poème sur le sujet, un poème qui aurait le pouvoir de changer les mentalités, la face plate du monde, un truc visionnaire, aucun doute là-dessus. Ils s'éloignent, les mains dans leurs poches pour les protéger du vent glacial, en faisant cliqueter la monnaie qui s'y trouve et qui sonne comme les petites notes d'une musique empreinte de tristesse dans la froidure nocturne.

Maris, amants et femmes

Nuit silencieuse. Vous sautez dans vos souliers de série noire qui s'agencent parfaitement avec ce manteau adoré que Robert qualifie de ringard. Ringard. Il aime utiliser ces mots qui vous font sentir ignorante. Le chat s'assoit devant la porte, il fait le chien tandis que vous vous affairez à attacher les boutons compliqués du manteau ringard. Vous sentez le détestable et inévitable grattouillement de la culpabilité à l'idée de ce que vous vous apprêtez à faire, mais ça ne dure pas. Robert mérite bien le sort qui l'attend, après tout ce qu'il vous fait subir depuis les derniers jours.

Vous poussez le chat avec le bout du pied, tout doucement, il ronronne. Vous l'aimez, ce chat, bien qu'il soit celui de Robert et que tous les vêtements noirs qui vous donnent tant de style et 15 livres de moins soient maintenant roux et blanc. Vous descendez l'escalier comme un voleur, c'est-à-dire en volant au-dessus des marches, pour ne pas réveiller Robert ; il ronfle comme un turboréacteur, mais il a le sommeil léger. Ne se réveille-t-il pas toujours chaque fois que vous gémissez «Maurice, Maurice...» en vous tortillant d'un oreiller à l'autre? Vous devez alors vous justifier durant des siècles à propos de ce Maurice, qui est en fait seulement le demi-frère que vous n'avez jamais vu ni connu, puisqu'il a été adopté avant votre naissance par une famille d'accueil ontarienne, c'est ce que vous vous efforcez de faire croire, et ça marche à tous les coups, à force de baisers distrayants et de mains habiles.

Vous voilà maintenant dans la rue, les doigts de la main droite crispés sur l'enveloppe contenant la lettre qui devrait régler le compte du dormeur qui ronfle dans votre chambre. Une pensée de condoléances pour le chat, innocent après tout, traverse votre esprit, mais vous vous consolez en vous disant que tel maître, tel chat.

Vous tournez le coin d'une rue que vous détestez; c'est là que se trouve l'appartement de la femme qui a foutu en l'air votre vie de couple monotone et presque centenaire, mais tellement solide, pensiez-vous du moins. Il y a 15 jours, alors que vous appreniez la liaison de votre mari avec cette vous-ne-savez-qui en nettoyant les poches de son pantalon, «Qu'est-ce-que-c'est-que-ce-condom-on-en-en-a-jamais-utilisé-dis-moi-son-nom-salaud-ou-je-te-tue», vous avez cru voir le mot «fin» imprimé jumbo sur le roman de votre amour. Mais, fait inusité, vous avez ressenti un nouvel élan doublé d'un regain d'intérêt envers votre mari, prenant la forme de plans de vengeance divers, ravivant le pouvoir d'imagination qui larvait en vous. Vous l'avez suivi un soir, en pensant que c'est le genre de boulot que vous auriez aimé, pincer les maris infidèles, et avez découvert la niche de fornication du couple. Depuis, vous vous mourez de voir la face de la femme qui cherche à détruire votre famille (si chat + femme + mari = famille), en sachant fort bien que ça n'apportera rien de plus que la confirmation de votre idée fixe : elle doit adorer Barbara Streisand et/ou lui ressembler, puisque votre mari fredonne sans arrêt ses stupides chansons depuis dix jours, alors qu'il l'a toujours détestée.

Donc, vous voilà arrivée devant la maison de Barbara. Vous vous sentez tout de même idiote avec votre lettre composée de coupures de presse collées de travers avec un bâton Pritt périmé, et vous piétinez sur place, cachée par un poteau derrière lequel votre corps dépasse d'au moins six pouces de chaque côté. Vous imaginez, pour ajouter à votre malheur, que Barbara est sans aucun doute plus mince que vous.

Tout à coup, la porte de l'appartement maudit s'ouvre et une femme (bâtie comme un clou) en sort, précédée d'un homme. Maurice. Vous tassez votre graisse pour vous fondre dans le poteau et déchiquetez la lettre avec les doigts de votre seule main droite. Pendant un vague instant, vous et le poteau fusionnez, c'est sécurisant. Le nez contre cette couverture solide, vous vous rappelez cette dernière nuit avec lui, alors qu'il hoquetait sous votre poids pendant l'orgasme.

Vous regardez la femme, votre sœur (c'est bien elle, vous la reconnaîtriez même si vous ne l'aviez pas vue depuis 100 ans, elle porte encore le même genre de robe coupée à l'échalote) et votre propre amant (vêtu de la chemise dont vous avez recousu deux boutons après la lui avoir arrachée du dos un jour où vous n'aviez que peu de temps pour vous consommer l'un et l'autre), et décidez qu'il n'y a rien à comprendre. Il y a belle lurette que vous ne vivez plus sur un nuage rose et que vous avez cessé de vous nourrir de ce bonbon aigre-doux appelé illusion. La nuit est belle, il est encore temps d'en faire quelque chose de bien.

Vous marchez jusqu'au club vidéo, louez *Maris et femmes* de Woody Allen que vous haïssez, mais vous aimez le titre, et rentrez tranquillement à la maison. Le chat vous accueille en se répandant en miaous et en poils, Robert est debout, vêtu de son pyjama imprimé de clubs de golf. Il est fou d'inquiétude ou fait semblant, il gesticule, on dirait qu'il pratique son *drive*, le pauvre. Vous lui dites tout de go: «Ta maîtresse te trompe avec mon amant» et, sans plus vous soucier de lui, finissez la soirée en vous empiffrant de tout ce que votre frigo contient et en cognant des clous devant la télé. Curieux, vous êtes presque heureuse.

Bureau en gros

Quand je vois la secrétaire de notre bureau se pointer à la première heure, j'ai l'impression d'être catapulté en période de carnaval. Je n'arrive pas à être désolé pour elle. Personne n'y arrive. Elle le ferait exprès que ça ne pourrait pas être pire. Ce matin, elle arbore une toute nouvelle coiffure, un look personnalisé signé Walter, son coiffeur new-yorkais attitré. Apparemment, il avait en tête la tour Eiffel lorsqu'il l'a *blowée*. Loin de lui donner un air de triomphe, l'arc de cheveux qui entoure son crâne étonne tant qu'on ne sait s'il faut se limiter dans nos commentaires : «Ah, tu t'es fait couper les cheveux?» ou «C'est fou comme ça te change!» ce genre de trucs qu'on dit quand on hésite sur l'attitude à adopter — ou encore être carrément franc : «Alors là, il ne t'a pas ratée (encore une fois)!» ce qui s'avère une excellente appréciation, suscitant juste assez d'am-biguïté pour laisser la naïve destinataire dans un état de perplexité révélateur et inspirant pour l'imagina-tif et audacieux personnage (moi) qui a osé proférer tout haut ce que tout le monde pense tout bas.

À vrai dire, elle nous est indispensable, notre secrétaire : sans elle, on n'aurait aucune idée de ce qui se fait de plus kitsch dans le domaine du prêt-à-porter, prêt-à-coiffer, prêt-à-chausser. Le bon goût n'a aucune prise sur ses choix. Tous les jours semblent fête pour elle et on se réjouit d'arriver au lendemain pour voir ce qu'elle nous réserve. Se sentira-t-on à Noël, à l'Halloween ou au Carnaval de Rio ?

Fière de sa nouvelle tête, elle déambule en maintenant un équilibre précaire sur les tapis feutrés gris souris de notre bureau pourri de bactéries, chaussée de godasses sans aucun doute dessinées pour Frankenstein ou un handicapé quelconque. Avec son échelle de cheveux, ça lui donne facilement sept pouces supplémentaires. Mon collègue et moi avons parié qu'elle se planterait avant 4 h. En s'accrochant le chignon dans un cadre de porte, selon Marco, qui possède moins d'imagination que de pure méchanceté, ou plus probablement en trébuchant sur un repli du tapis, plus précisément celui que j'ai façonné sur le pas de la porte. Elle passe souvent par là, c'est le chemin qui mène à la salle de bain. Elle voue un culte compréhensible à cet endroit : c'est le lieu sacré pour ses retouches. Depuis ce matin, elle y est allée quatre fois. La première pour ajuster son rouge à lèvres (mauve magenta), la deuxième pour ajouter des épingles à cheveux (trois) à sa tour de Pise qui prenait le champ tant elle s'y passait la main pour vérifier que l'architecture tenait le coup, la troisième pour s'enduire d'une autre couche de cache-cernes («couchée à minuit et quart hier, pour rien, pas rencontré un seul mec digne de ce nom») et finalement, pour se faire une ligne de coke. J'ai mon espionne: Marlène va pisser quand notre secrétaire «fait sa toilette». Marco et moi savons maintenant comment, malgré son célibat dramatique (elle en parle *ad nauseam* en me dardant d'un regard significatif souligné de *eyeliner* noir «désir d'ébène», de ce sort tragique qu'elle tente de conjurer par quelques sorties en discothèque mémorables en morpions et autres ramassis non négligeables des races animales et humaine), notre égérie maintient un air de jovialité anormalement égal. Elle utilise toutes sortes de poudres. Sur et dans le nez.

Ce midi, elle est allée magasiner. Marlène faisait semblant de s'extasier sur les achats de notre clown clérical: des souliers à semelles colossales qui vont damer le pion à notre patron de six pieds trois, un pantalon extensible qui mettra en valeur la culotte de cheval qu'elle s'évertue à perdre au gym en courant sur un tapis qui essaie de la fuir (les midis où elle ne dépense pas la moitié de sa paie en frous-frous) et un truc informe aux motifs effrayants qu'elle portera jusqu'aux fesses sur ledit pantalon.

Mon dieu, pourquoi sommes-nous si méchants?

Dans une semaine, c'est notre souper d'Halloween, au bureau. Tout le monde y va de ses prédictions quant au costume et au comportement de foire de notre secrétaire. Bien entendu, tout le monde dit qu'on ne verra aucune différence avec les autres jours de la semaine, mais Marco m'a lancé un pari, alors je sais qu'il y en aura une : je vais l'inviter à danser, et pendant que nous serons enlacés, elle et moi, et que je tenterai de m'arracher quelques sensations bien méritées en pressant mon corps contre le sien, je froisserai les tissus abjects de ses vêtements en mêlant mon haleine d'alcool à la sienne et je lui dirai que tout le monde se moque d'elle. Je lui dirai que la vie n'est pas une mascarade et qu'elle doit cesser de se peinturlurer comme s'il s'agissait de concurrencer les clowns sur les toiles de Muriel Millard. Je susurrerai avec délice ces paroles en sachant que sous son masque, ses yeux se noieront de larmes et barbouilleront la couche grotesque qui recouvre les pores de sa peau, et je rajouterai, sur un ton de sincérité on ne peut plus manifeste, que je ne pense pas comme les autres, qu'elle me plaît, qu'elle me fait bander. Je ne penserai rien de ces dernières affirmations, bien sûr. Ça fait seulement partie de la mascarade, et du plaisir un tantinet coupable qui donne envie d'en faire encore plus.

Une ambiance d'enfer

Vous prenez connaissance du carton d'invitation de la même manière dont votre cou accueillerait la lame de la guillotine. Vous savez que vous ne pouvez refuser comme vous l'avez fait les trois fois précédentes, sous peine d'être étiqueté. En vérité, vous vous fichez bien du titre de l'étiquette ; ce qui vous tracasse, c'est que vous êtes célibataire depuis déjà sept jours et que cette soirée, malgré qu'elle vous fasse horreur à l'avance, pourrait représenter l'occasion de rencontrer la prochaine femme de votre vie (à condition que le bouton qui décore votre troisième œil comme un tatouage de tribu indigène disparaisse d'ici là. Vous disposez de cinq jours pour l'enduire de tous les produits abrasifs existants, cela devrait suffire). Déjà, vous fouillez votre garde-robe et décidez que vous adopterez un look de semaine, question de ne pas donner l'impression de vous être attifé exprès pour la soirée : Levi's, t-shirt blanc, espadrilles imitation pelure d'abeille. Dans votre infaillible dictionnaire, simple égale sexy.

Le temps a filé vite et les serrements dans votre estomac vous indiquent que le jour du party est arrivé. Il faudra vous faire à l'idée de revoir ces gens que vous avez jusqu'ici évités avec l'ardeur que met le prisonnier à creuser un tunnel à la petite cuillère. Du bouton, il ne reste plus qu'une croûte que vous arrachez avec précaution.

Vous êtes parfait. Juste ce qu'il faut de décontracté et votre t-shirt sent bon le savon à lessive, votre arme secrète. Vous stationnez votre vélo cinq vitesses devant une BMW que vous prenez soin d'accrocher au passage avec votre pédalier. De l'extérieur, vous percevez des bruits de musique, une voix qui sonne comme une lointaine scie à chaîne au fond d'un bois : vous avez de l'oreille, c'est une chanson de Richard Desjardins. Vous souhaitez que le *disc jockey* se pète une crise cardiaque, ou encore vous pourriez lui mettre la main au collet, le ficeler sur une chaise et prendre sa place, car vos goûts musicaux, à vous, ne font aucun doute. Vous remarquez que déjà, alors que vous vous trouvez toujours sur le trottoir, votre esprit est assailli de pensées négatives. Le temps d'entrer, une vieille toune des Smiths a remplacé la scie mécanique et votre cœur est rempli de reconnaissance à l'égard du D.J., que vous laisserez finalement tranquille, question de vous consacrer entièrement à votre quête affective.

Dès que vous posez le pied à l'intérieur, le délicieux parfum de vos atours est pris d'assaut par la

fumée; en effet, tout le monde brandit une cigarette et vous voilà subitement très malheureux. Votre
bonne volonté et vos projets matrimoniaux sont
réduits en cendre, car vous êtes le nazi du tabac.

Heureusement, pour vous changer les idées, une
grande pimbêche (impossible de vous rappeler son
nom) accourt vers vous en poussant de petits cris
de caniche au travers desquels apparaît votre prénom: «Hi! Alain, Alain, Alain, hi! C'est bien toi,
mon chou, ça fait des siècles!» et vous êtes content
que le volume de la musique enterre ces couine-
ments de souris. Elle vous présente quelques personnes: un Chinois au cou étiré par une colonne
d'anneaux de femme-girafe (à moins qu'il ne s'agisse
d'un luxueux collier orthopédique *high tech*), une
fille coiffée en tour Eiffel, avec aux pieds des chaus-
sures à plates-formes vertigineuses qui la rendent
visible où qu'elle se trouve dans la salle, un couple
de jumelles habillées en parachutistes et un Latino
gominé et collant qui vous baise la main en la lé-
chant. L'hôtesse hystérique vous traîne au bar et
vous oblige à avaler d'un trait une mixture trois
étages qui vous fait regretter l'huile de foie de mo-
rue de votre grand-mère. Vous tentez tout de même
un rictus de remerciement à l'endroit du serveur,
qui vous souffle au nez sa fumée de cigarillo dans
le but certain de vous assassiner. Voyant votre geô-
lière accaparée par une armoire à glace en habit
bleu-blanc-rouge, vous en profitez pour vous sauver

et aller vous oxygéner sur la piste de danse, là où la boucane se fait plus rare. Comme vous n'êtes pas chanceux, on joue la seule pièce de Radiohead que vous détestez, mais vous décidez de rester, car votre attitude bougonne commence à vous peser et à compromettre les traits ordinairement radieux de votre visage. Vous souriez, ou quelque chose du genre.

La transformation de votre faciès doit être un succès, car une jeune femme en tutu semble vous avoir remarqué. Elle avance subtilement (croit-elle) dans votre direction en se tortillant comme un ver à chou et ondule autour de votre personne en gardant les yeux mi-clos, sans aucun doute pour mettre en valeur son ombre à paupières fluo. Vous décidez qu'elle n'est pas pour vous et utilisez votre énergie à prendre les deux tiers de la piste de danse. Vous faites de si grands moulinets avec les bras, porté par la chanson qui a remplacé la torture sonore précédente, une musique nettement inspirée de la machine à laver, qu'un cercle vide se forme autour de vous, car les gens ont peur de se faire décapiter. Mais vous dansez bien, vous avez du style, Travolta peut aller se rhabiller ; l'étourdissant jeu de lumière qui tournoie au-dessus de votre tête vous fait l'effet d'une guerre interplanétaire. Lorsque vous reviendrez à vous, vous serez étendu sur le sol et 1 000 yeux vous inspecteront du plafond, des yeux d'*aliens* avec bouches grimaçantes et dents acérées vociférant des incantations monosyllabiques. Vous reconnaîtrez vaguement une personne ; elle couinera «Monchoumonchoumonpauvrechou !» et vos tympans seront sur le point d'exploser en même temps que votre vision se couvrira de points noirs mobiles.

On vous mettra dans un taxi et le chauffeur se moquera de vous, jusqu'à ce que vous vomissiez sur sa moquette un truc trois couleurs. Une fois à votre appartement, vous avalerez deux Gravol et tomberez raide mort pour les huit heures suivantes. Au matin, l'odeur de vieux mégot émanant de votre corps vous rappellera que vous avez fait un fou de vous la veille et que votre vélo se trouve toujours là-bas. À la pensée de l'égratignure sur la carrosserie de la BMW, vous éprouverez une petite consolation. Le miroir vous renverra une image apocalyptique, mais ça ne fait rien. Vous êtes un type bien.

AU POIL PRÈS

Il est coiffeur, barbier reconverti se donnant le genre coiffeur d'élite. Pas bête pour deux sous, il a pris un cours pour rafraîchir ses techniques de coupe lorsqu'il a senti venir le déclin mondial du salon de barbier de quartier. Les clients devenaient rares, surtout les clients intéressants, ceux dont la remise à jour des oreilles tient du pur ravissement. Il travaille maintenant dans un salon dans le vent, où circule une clientèle hétéroclite qui convient parfaitement à ses besoins et à sa nouvelle personnalité très tendance. Auparavant, il arborait un toupet Elvis Farago; maintenant, il a le look cool, rasé ras, presque à l'épiderme, les oreilles bien dégagées, il aime les oreilles dégagées, il dégage autant d'oreilles qu'il peut. Il raconte à sa clientèle qu'il tenait à New York un salon qui a été saccagé à la suite de l'effondrement des tours, alors qu'il n'a jamais mis les pieds à l'extérieur de sa ville. Pour se donner plus de «chien», car il manque un peu d'assurance (passer d'un *barber shop* à un salon *in* le stresse légèrement,

bien qu'il n'en montre rien, c'est normal, mettons-
nous à sa place), il s'est fait «installer» des anneaux, à quatre endroits différents: l'oreille droite,
la gauche et les mamelons. Il laisse sa chemise
ouverte, ça terrorise les clientes qui se retiennent
de lui demander si ça a fait mal, et ça attise les
hommes, enfin, certains hommes. Maintenant, en
plus d'avoir l'air cool, il a l'air gai, ce qui lui donne
encore plus de crédit. Certaines clientes aiment
pouvoir raconter leurs épisodes affectifs et sexuels
à leur coiffeur gai, elles ne craignent pas d'être
jugées (elles devraient se trouver dans l'arrière-
boutique à l'heure des pauses!) et leurs confessions
lui procurent parfois de parfaites érections et souvent de beaux rêves la nuit, dans lesquels il se voit
enculer des oreilles ornées de petits diamants. Il a
la chance d'avoir un travail qui le comble sexuel-
lement. Il est bisexuel, enfin il l'espère, c'est tellement plus pratique. Il s'appelle Walter, mais Roger
est son véritable prénom: ça va pour un barbier,
mais pour le coiffeur *in*, il faut un nom *in*. Pro-
noncez Voualtèr. Il adore entendre crier son nom,
qui crée une espèce de slalom sonore dans le salon,
brise le mur du son des séchoirs, rebondit sur les
miroirs, accroche au passage quelques mèches
dont le sort n'a pas encore été réglé. «Voualtèr!
Voualtèr! Madame Warren ne viendra pas. Son
cocker est malade. Voualtèr! Voualtèr! Tu as pigé?»
Il adore. Le salon s'appelle «Épi en tête», et Walter

est déstabilisé par ce nom étrange. Étant donné que le propriétaire, Stanley, est susceptible, il affirme le contraire. Comme lors de son entrevue : « J'adore. C'est poétique, ça donne à réfléchir. » Un jour, il tuera Stanley, qui est un con consommé, en lui tranchant les oreilles (elles sont couvertes de cheveux inutiles), et il changera l'affiche de la devanture. Pour « Walter, maître coiffeur ». Il en frissonne de plaisir quand il y pense. Il pourrait même ajouter une photo à côté du nom. Mais cela n'arrivera pas. À moins que son instinct meurtrier n'ait envie de s'égarer juste comme Stanley passe par là.

Un client entre, demande à la réceptionniste (elle est affreuse, on dirait qu'elle a un beigne torsadé sur la tête. A-t-on idée de se coiffer ainsi ? Walter se meurt de lui scalper la toque) si un des coiffeurs ne pourrait pas le prendre, il a un rendez-vous super urgent, il ne faut absolument pas qu'il ait une minute de retard, le coiffeur devra être rapide, mais sans négliger son travail et, bien sûr, il n'y a que Walter qui soit disponible, tous les autres sont contents d'avoir les mains dans la teinture et les bigoudis. Mais Walter ne perd rien de cette contenance et de cette souplesse qu'il a acquises lors de son fameux séjour à New York, il le faut, les Américains sont si ceci et cela, ah il ne s'en ennuie pas, *I've had enough no thanks no more Americans for me plise !* Il accueille l'indésirable avec la même attitude décontractée que s'il avait une heure pour composer la coupe Brad Pitt dans *Seven* que le client lui réclame. A-t-il vu *Seven* ? s'assure le client. «Bien sûr, j'ai adoré!» Il n'a pas vu ce film, il demande des précisions en faisant semblant d'avoir seulement un petit blanc de mémoire, il voit tant de films, que voulez-vous... Le type lui décrit si bien la coupe que Walter se demande pourquoi il ne se l'est pas faite lui-même au lieu de venir le stresser avec son rendez-vous super urgent. Lui vient l'envie irrésistible de couper par mégarde — «oh excusez-moi, attendez, je vais vous la remettre en place, ne gigotez pas ainsi, vous allez vous vider de tout votre sang» — l'oreille droite du client, tandis que ce dernier répond de la gauche à un appel venant de son cellulaire. Visiblement, ça va mal. Le type s'agite, Walter aurait pu couper l'oreille par accident, une toute petite incision, mais il se maîtrise en laissant les ciseaux dans les airs au-dessus des couettes humides. Le client hurle dans le combiné: «Quoi? Tu annules le rendez-vous? Va chier!» Un silence de mort s'installe dans le salon, toutes les conversations ont cessé d'un coup, même les séchoirs. Personne ne voulait rien manquer de la scène, mais il semble qu'elle soit terminée, car le type a remballé son cellulaire. Walter dit: «On continue?» Il répond, les lèvres crispées, il tremble: «Oui, prenez votre temps, je n'ai plus de rendez-vous.» Il est presque 9 h, on n'entend pendant un bon moment que le cliquetis des ciseaux, tous les coiffeurs pédalent pour finir leur coupe, aucun ne désire être coincé un vendredi soir passé 9 h sur ces planchers couverts de poils. Walter fait semblant de s'intéresser au mauvais sort qui s'est abattu sur son pauvre client, mais ce sont ses oreilles fraîchement dévoilées qui accaparent son attention maintenant, de si jolies oreilles qu'on dirait de petites ailes de porcelaine. Toutefois, avec une moue pareille, il aurait beau faire la coupe Brad Pitt à la perfection, le type aurait l'air d'un pitbull bien coiffé, c'est tout et rien de plus, et Walter se serait fendu en quatre pour rien. Il lui dit : « Ça va ? » Il ne voit pas ce qu'il pourrait dire d'autre, le gars semble avoir fondu. « Non, ça ne va pas du tout. J'ai un ex, maintenant. On devait se voir pour essayer de trouver un terrain d'entente, il a décidé que ça ne valait pas le coup. Je suis sûr qu'il y a quelqu'un dans le portrait, merde ! » Walter commence à le trouver intéressant, et appétissant. Il tâte le terrain. « Je n'ai rien après la fermeture du salon, si ça vous dit, enfin, si vous pensez que ça vous ferait du bien, on pourrait aller prendre un verre ? » Le client lève les yeux vers le reflet de Walter dans le miroir, le regarde pour la première fois, voit finalement qu'il y a quelqu'un qui manie les ciseaux autour de sa tête. Il jauge le coiffeur mollement, l'évalue. Il a envie de se soûler la gueule et, tant qu'à y être, pourquoi pas à deux. D'autant plus que s'il dit oui, la coupe sera peut-être gratuite. Alors : « Oui. » Walter cache la satisfaction qui l'étreint. Ça a été plus facile qu'il ne l'aurait cru. Ces petites oreilles presque translucides... Il achève de gominer les cheveux en leur faisant prendre la tangente verticale, couette après couette. Le résultat fait plus Johnny Rotten que Brad Pitt, mais si peu. Le client est content, il retrouve le sourire, il s'admire sans ménager ses compliments (à son endroit, pas à celui de Walter), tandis que Walter tient un miroir pour lui permettre de se contempler sous tous les angles. Cet exercice d'onanisme oculaire excite Walter au plus haut point. Il réitère son invitation en balayant les petits cheveux sur le corps du client, *il en a jusque-là,* cette fois en ajoutant un détail :

— Chez moi ?

— Ça m'est égal, du moment que j'ai une bière à la main et que je peux fumer, chez toi.

Il a dit « toi ». Walter jubile intérieurement, il voit déjà le scénario, ce sera le délire. Il déteste la fumée de cigarette, mais il n'en dit rien et répond *« No problemo. »* Il ne sait pas pourquoi il a dit ces mots, il hait systématiquement toute personne qui utilise cette formule surannée. L'excitation doit avoir atteint quelques-unes de ses facultés principales, ou alors est-ce la fatigue, cette longue journée qui a pondu l'un à la suite de l'autre des clients difficiles ? Aujourd'hui, il a dû se taper une Meg Ryan dans *Vous avez un message,* une Britney Spears, une Julia Roberts dans *Capitaine Crochet*, une Winona Ryder dans *Girl, Interrupted*, un Keanu Reeves dans il ne sait plus quoi et, finalement, ce Brad Pitt. Les clients qui demandent ces coupes n'ont pas la moindre idée de l'embarras dans lequel ils plongent leur coiffeur. Neuf sur dix ont une tronche 100 % incompatible avec le style demandé, ou alors le cheveu ne convient pas, ou alors il n'a pas vu le film. Mais tant mieux si, au bout du compte, le client sort sur le trottoir avec le sentiment qu'on va s'arrêter pour lui demander un autographe, c'est ce qui compte, cela et l'illusion dans laquelle il baigne, et ça constitue la garantie de sa fidélité.

Walter demande 27 dollars au Brad Pitt, qui les lui paie en réprimant sa répugnance à verser une telle somme, et se voit obtenir deux dollars de pourboire. Il a déjà vu mieux, mais il ne s'en fait pas, le meilleur est à venir.

Ils s'arrêtent à un dépanneur pour prendre une caisse de bière, dont ils paient chacun la moitié. Le client ajoute un sac de croustilles et une tablette de chocolat. Walter meurt d'envie d'un ragoût de boulettes Cordon Bleu, mais il se retient.

Walter demeure tout près du salon. Un immense deux pièces et demie meublé et décoré avec une indéniable tendance pour le démodé au goût du jour, ici dans la pure tradition hawaïenne, des palmiers mur à mur contre une tapisserie fleurie sur laquelle des perroquets s'égaient ici et là.

Walter laisse entrer son client le premier, il attend la réaction émotive habituelle provoquée par son aménagement intérieur, mais le client, qui doit n'avoir la tête qu'à son envie de donner une raclée juteuse à son ex, ne semble rien remarquer du somptueux décor. Walter ravale sa frustration, ce serait bien le premier à rester indifférent. Ce type, manifestement, n'a aucun goût.

Assis dans le fauteuil moelleux qui les avale tout entiers et les force à se toucher, Walter et son client boivent leur bière et répandent des miettes de croustilles partout sur eux et autour d'eux. Le type est finalement avare de détails sur ce qui vient de se produire dans sa vie, et Walter s'en trouve content. Il n'a pas envie de jouer le psychologue encore ce soir, il fait cela toute la journée. Plutôt, alors que ses membres commencent à se détendre et à laisser de la place à celui du milieu pour se tendre, il a envie de se faire faire une fellation. D'en haut, il pourra contempler les divines oreilles à sa guise en attendant la suite. « J'ai envie que tu me suces. » Le client semble surpris mais pas trop, et ne répond pas tout de suite, ce qui embête un peu Walter. Il doit se demander s'il s'agirait là d'une bonne vengeance sur celui qui vient de le larguer et qui est sûrement déjà en train d'en sucer un autre. L'attente s'avérant trop longue, Walter prend les devants. « Je vais te croquer, alors. » Le type dit (car il trouve qu'il n'en a pas eu pour ses 29 dollars, après tout, il avait déjà les cheveux courts, ce n'était pas tant de boulot): «Pourquoi pas. Après tout, c'est moi le client.» Walter ne sait pas si c'est une blague ou quoi, il est un peu déstabilisé, mais comme il a un plan en tête, il n'en fait pas de cas et s'exécute sans attendre. La bite du gars est grosse, un peu trop pour Walter qui a un problème avec sa mâchoire depuis qu'un chirurgien-dentiste l'a estropiée. Il craint de râper le pénis de son partenaire avec ses dents du devant. Il a déjà fait ça et a manqué se faire casser le cou, sa tête étant coincée entre les cuisses dantesques du gars d'alors. Il réussit à faire jouir son client juste comme il sent son maxillaire inférieur se bloquer. Fort heureusement, en reprenant une position plus orthodoxe, le client donne un coup de genou sous le menton de Walter. Sa mâchoire produit un joli clic et reprend sa place normale. Il est chanceux. Il est déjà resté pris dans une triste mimique qui lui a fait perdre de belles oreilles. Walter se relève et se dirige vers le lavabo de la salle de bain. Il doit boire de l'eau, car du sperme obstrue sa gorge et le force à se la racler, ce qui crée un bruit un peu disgracieux, surtout dans une situation propice au romantisme. Dans ces moments qu'il déteste, il se dit qu'il préfère les femmes. Mais dès qu'il se retrouve à chercher le clitoris entre les multiples lèvres, il se convainc qu'il préfère les gars. Sans compter que les oreilles féminines sont toujours encombrées de cheveux rendus tels des fils barbelés à cause du fixatif. Il ne sait pas ce qu'il veut, décidément.

Son client lui demande la permission de dormir chez lui, il n'a aucune envie de rentrer et de se retrouver seul et puis, plus tard, quand ils seront au lit, il pourra rendre la pareille à Walter. Parfait. Walter lui montre la salle de bain, les serviettes dont il pourra se servir, le savon, la brosse à dents et la soie dentaire. Le client est surpris et heureux de la souplesse et de la générosité de son hôte. Quand ce dernier lui fracasse le crâne par-derrière alors qu'il se penchait pour fermer les robinets, il n'a pas le temps de penser que sa coupe à 27 dollars va être abîmée. Il tombe dans le bain, l'eau éclabousse le joli tapis à motifs de gaufrettes croquantes, mais Walter ne s'en soucie guère. Tout ce qui lui importe, c'est la nouvelle paire d'oreilles qui ira enjoliver sa collection, qu'il négligeait depuis un certain temps, faute d'occasions. Il sort une lame de rasoir et entreprend de bien couper la première oreille. Son pénis durcit, il a une forte envie de ragoût de boulettes, c'est bon signe, il est en terrain familier, tout baigne. L'eau du bain se teinte d'un beau rouge clair, Walter enlève le bouchon pour la laisser s'écouler. Il aime le glouglou du conduit qui avale l'eau. Quand il commence à sectionner la deuxième oreille, il fredonne une vieille chanson des Split Enz, qui était à la mode du temps où il était barbier chez Roger, quand il a commencé sa collection. Il éjacule, sans avoir eu à se toucher. Les deux oreilles sont parfaitement découpées et la coupe de cheveux est intacte. Un soupir de satisfaction remplit la salle de bain. Il n'a rien perdu de son doigté.

« Avancez par en arrière »

Depuis que votre petit ami vous a laissée ou que vous l'avez laissé, c'est selon, vous cherchez à donner un sens à votre existence. L'idée du bénévolat s'impose à votre esprit. Mais la seule éventualité d'écouter un vieil homme parler interminablement de la guerre 14-18 ou de faire des casse-tête de 1 000 pièces pendant que la télé diffuse un quiz tonitruant vous décourage immédiatement. Vous n'avez pas à ce point la fibre altruiste.

Chrystelle, une fausse amie rencontrée dans un salon de coiffure un soir de pleine lune, vous conseille de suivre un cours. N'importe lequel. Portugais, broderie chinoise, psychologie de la personnalité, construction de cabanon, plongée sous-marine. Ça ne va pas, la tête ? Vous n'en êtes pas rendue à un seuil aussi bas de désœuvrement. Envoyez-la promener, elle est atteinte de folie compulsive. Préférez un changement par l'extérieur, c'est plus simple. Walter accepte de vous prendre illico, il est curieux de voir où en est son « Périple polychrome » après trois semaines, une audacieuse tentative qui avait pour but de racheter ses mièvres «Nuances impressionnistes», un fade amalgame de couleurs floues censées rappeler les nénuphars de Monet. Vous auriez mieux fait de vous abstenir; il n'a pas dû remarquer votre look vestimentaire futuriste, car vous sortez de là coiffée à la Grace Slick, années 1970, et «Luxure tropicale» ne sied guère à votre teint de tourterelle dépressive. Vous décidez de ne plus jamais retourner voir ce Walter, dont le comportement douteux vous fait sourciller. Il semble être hétérosexuel quand vous êtes sur sa chaise, mais de le voir se tortiller sans aucune subtilité autour du client mâle en s'extasiant de manière incongrue sur ses oreilles (vous avez été témoin de cela à plusieurs reprises tandis que vous attendiez votre tour) vous rend songeuse. Il ne s'est jamais pâmé sur vos oreilles à vous, qui pourtant les portez comme de précieux bijoux de soir de première, ça dit tout.

En quittant le salon, pas plus remontée qu'avant, vous allez tout de go à la bibliothèque municipale, là où se terrent tous les restes humains, les célibataires, les rejetés, les seuls au monde comme vous. Vous décidez, mue par une mystérieuse intuition, de vous passionner pour la quête de soi, l'écoute de votre enfant intérieur, les contorsions yoguiques censées vous mener au centre de votre *vous* le plus profond.

La bibliothécaire vous emmène au fin fond de la bibliothèque, là où le monde et l'air même se raréfient.

Elle vous indique la section désirée en examinant votre accoutrement. Elle vous demande, en se croyant comique, si vous vous apprêtez à partir pour un voyage intersidéral. Vous lui demandez, avec le plus grand sérieux, où elle a déniché cette robe qui ressemble à une épluchure de patate.

L'étagère croule sous les recommandations des gourous, le choix vous consterne et manque de vous envoyer vite fait à la section horticulture. Mais quelque petite voix ténue de votre inconscient-subconscient-troisième-œil-plexus-solaire vous retient : il vous apparaît impossible que tant de gens se soient penchés sur la complexité de l'âme humaine sans qu'aucun ait trouvé le moindre élément de réponse !

Vous voilà à genoux devant les titres du rayon inférieur ; c'est là qu'ils ont caché les ouvrages parlant de la solitude. Qu'ils y restent ! Vous ne désirez pas perfectionner l'art d'être seule ; vous aurez bien le temps pour cela. Pas besoin de textes savants pour savoir qu'il ne sert à rien de décrocher le téléphone pour vérifier qu'il fonctionne toujours. S'il ne sonne pas, c'est que personne ne se soucie de vous, un point c'est tout. Aussi bien vous bourrer de chocolat, une technique de consolation qui a fait ses preuves.

Juste au-dessus, sous une couche de poussière, des livres sur la méditation. Sur une des couvertures, une femme en position du lotus, vêtue d'un maillot un peu trop décolleté. La face fendue en un sourire niais qui se voudrait extatique, elle semble ne pas se rendre compte qu'elle ne se trouve que sur une page cartonnée. Non, ça ne va pas. Il y a sûrement mieux pour vous.

Un type se pointe. Vêtu d'une espèce de cape médiévale, il pue le patchouli, un arôme qui vous rappelle votre vie antérieure. Justement, il se met à feuilleter un livre qui parle de réincarnation. Vous le méprisez. Vous avez envie de lui dire que depuis que vous savez que vous avez étranglé votre père dans votre vie précédente, rien n'a changé dans vos relations avec les hommes, que vous les collectionnez depuis le début de la vingtaine, les jetant les uns après les autres comme de vieux mouchoirs saturés à travers lesquels passent vos doigts.

Il vous ignore. Bien que son allure hérisse la colonie de poils dont la nature farceuse a doté votre joli corps, son indifférence à votre endroit vous dérange. Impossible qu'il s'agisse là du premier mâle qui restera insensible à votre robe année 2010, un truc couleur Saran wrap teinté, motif gaufrettes nature, sous laquelle votre justaucorps vous rend affolante. Sans un regard pour vous, il s'en va, son livre inepte sous le bras. Assurément, il est gai.

Un peu de sérieux. Respectez votre célibat de fraîche date, pour une fois. Concentrez-vous sur les travaux de Leo Buscaglia. Il dit, en introduction à son livre sur l'amour-de-soi-avant-l'amour-desautres-pour-aspirer-à-devenir-une-personne-auto-suffisante-et-capable-d'aimer-comme-du-monde, quelque chose comme ça, que ce qu'on vous apprend à l'école, c'est tout sauf cela, apprendre à vous aimer.

Souvenez-vous de monsieur Brisebois, votre prof de math, qui vous a humiliée devant toute la classe en vous envoyant au tableau pour vérifier que vous compreniez l'équation, comme vous le lui aviez répondu, alors que vous n'y entendiez rien. De madame Taillefer, la despote qui vous a forcée à réciter *Le Vaisseau d'or* de Nelligan sans interruption après la classe, jusqu'à ce que vous le sachiez par cœur, parce que vous aviez ri de ti-cul Bonin qui bégayait, comme toujours, en le récitant. Comme si, à 12 ans, vous pouviez savoir qu'il ne faut pas rire des bègues...

Accordez du crédit à Buscaglia, mais remettez le livre sur le rayon. Vous refusez de descendre aussi bas que d'avoir recours à un bouquin pour apprendre à aimer. Vous considérez vous aimer bien suffisamment. Ne faut-il pas s'estimer un minimum pour oser porter une tenue aussi déconcertante en dehors d'une soirée costumée ?

Bon. Vous y voilà. Le yoga. L'art ultime, qui a traversé les siècles pour parvenir jusqu'à vous, ici, maintenant. Vous choisissez l'ouvrage le plus épais, le plus lourd aussi ; bon sang, y ont-ils incorporé le secret du bonheur ? Ne le feuilletez pas, car les exemples de contorsions que vous soupçonnez y trouver pourraient vous décourager.

Vous vous dirigez d'un pas décidé, style soldat de tranchée, vers le comptoir de prêt. La préposée regarde votre livre et vous lance un clin d'œil invitant ; elle vous croit sûrement gouine comme elle. Mais ça vous plaît de plaire à la marginalité en ce moment. Plaire à un oignon vous plairait aussi. Vous vous sentez si moche, depuis le jour de votre rupture. Vous lui renvoyez son sourire, bouche close, craignant que des miettes du chausson aux pommes que vous avez avalé avant d'arriver aient colmaté vos dents du devant. Elle vous sourit à son tour. Vous lui re-souriez. Ça va bien, côté sourire. Il vous faut maintenant lui présenter votre carte d'abonnée. Impossible de la retrouver, dans le fouillis de votre sac fourre-tout-mais-vraiment-tout. Elle dit : « Ça ne fait rien. Donne-moi ton nom, je vais trouver à l'écran. » Vous lui dites : « Nina Hagen. » Elle rit et votre cœur bondit : elle connaît Nina Hagen !

À partir de ce jour, vous ne vous lâchez plus. La mocheté que vous vous sentiez être il y a quelque temps a disparu pour laisser place à une princesse de contes de gais. Un monde s'offre à vous, un monde d'odeurs nouvelles, d'épiderme velouté, de menton pas râpé d'avoir trop embrassé. Il vous fallait cela, un changement radical.

Mais elle vous fatigue rapidement. En effet, tous les matins, elle vous exclut de son existence pour se consacrer pendant une longue demi-heure à la pratique du yoga. Sans bouquin. Elle fait ça depuis des années. Enfermée dans sa pièce de méditation (ça aussi, depuis des lustres), elle adopte les postures les plus grotesques dans un silence monacal. Pendant ce temps, vous marinez dans votre jus, sirotant un café fade, pas plus avancée qu'il y a dix jours quant au sens à donner à votre vie. C'est donc cela que voulait dire Buscaglia : fondez-vous en l'autre et perdez votre chemin. Vous seriez-vous encore égarée ? N'acceptez pas spontanément cette évidence, ne l'admettez même pas. La faute ne vous incombe pas totalement ; la vie ne place pas sur votre route les personnes susceptibles de vous faire progresser, voilà tout.

Décidez de tirer votre révérence pendant qu'elle effectue ses salutations au soleil. Écrivez-lui un petit mot, assez doux, elle est si détendue lorsqu'elle termine ses exercices, vous ne voulez pas la faire casser d'un coup. Et puis votre expérience vous a prouvé qu'il est plus facile de laisser que d'être laissé : celui qui s'en va a raison, l'autre n'a qu'à s'incliner.

En retournant à votre appartement, un petit deux pièces et demie dans un quartier *in* et riche d'artistes pauvres, la pensée que vous êtes cruelle vous effleure. Ne gâchez pas votre journée en vaines considérations philosophiques, le soleil luit, tout respire le recommencement.

La lumière de votre répondeur clignote ; votre ex-petit ami vous supplie de lui accorder une seconde chance. Qu'est-ce qui lui prend, celui-là ? Vous effacez son message, sans façon. Hors de question pour vous de régresser. Vous commencez à peine à avancer. Et le chemin qui mène à soi est si long. À quoi bon s'en laisser divertir ?

La lassitude s'empare soudain de votre être. Un silence complexe vous envahit et crée des perturbations insolites dans votre esprit. Votre inconscient-subconscient-troisième-œil-plexus-solaire bat la chamade. Du déjà-vu insupportable. Vous vous jetez sur le téléphone et composez le numéro de votre ex-petit ami. Il sera toujours temps pour la promenade vers l'avant. Et puis, c'est par où, ça, de toute manière, par en avant ?

LES PREMIERS SEINS

Les seins de Béatrice commencent à se voir et pas juste un peu. C'est arrivé tout d'un coup. Le jour avant, elle n'avait rien sur la planche à repasser et le lendemain, il s'y était ramassé deux boulettes de linge. Je la plains. Moi, je suis aussi plate qu'au jour de ma naissance, et c'est très bien comme ça. Maman me dit de ne pas m'en faire, que ça viendra bien assez vite, elle cherche à me consoler comme s'il y avait matière à cela, elle me presse contre ses coussins à elle. Ben voyons. Faut pas devenir folle. On ne fait pas sa vie avec des seins, à moins que de petits cerveaux s'y cachent, ce qui m'étonnerait, car il semble que plus que les seins grossissent, plus le cerveau rapetisse. C'est en tous cas ce que j'ai constaté chez certaines filles à l'école.

Je me suis aperçue que Béatrice avait changé du tout au tout quand je lui ai demandé: «Viens-tu jouer à l'élastique?» et qu'elle m'a répondu: «Ça ne me dit pas, ce n'est pas bon pour la poitrine, ça fait tomber les seins» et qu'au lieu, elle est allée magasiner avec sa mère pour trouver des bonnets qui

emprisonneront ses seins à tout jamais en leur donnant toutes sortes de formes impossibles : mont-
golfières, ballons de soccer, poires Bartlett. C'est
ridicule. Plus jamais elle ne sera libre sous ses
t-shirts. Maintenant, elle marche comme si elle trans-
portait des choses importantes qu'il ne faut pas trop
brasser, au risque de les casser ou de les déformer.
On dirait qu'elle a une étagère suspendue à ses
épaules, trop maigrichonnes pour transporter tout
ça, sur laquelle on pourrait présenter une collection de porcelaine ou de petits toutous en peluche.
Non, pas eux, elle les a tous jetés en même temps
qu'elle a vu apparaître ses nénés, comme si toutous
et totons n'allaient pas ensemble. Autant mourir
que de me séparer de ma collection de petits cochons. J'ai au moins hérité de quelques-uns de ses
oursons, qu'elle m'a donnés en soupirant, les yeux
levés au ciel. Je n'ai pas trop compris la raison du
soupir et j'étudie encore cette question.

L'autre jour, nous marchions ensemble au retour
de l'école, mais pas bras dessus, bras dessous comme
avant. Elle dit qu'elle est maintenant trop vieille
pour ça. Elle portait son nouveau soutien-gorge,
dont elle laissait les bretelles dépasser de sa cami-
sole-bedaine. Le gars le plus hot de l'école nous a
croisées et a salué Béatrice, ou plutôt ses seins, car
c'est sur eux qu'il avait les yeux rivés comme des
caméras. Il ne m'a même pas regardée. Tout d'un
coup, je me suis sentie toute plate. Béatrice avait

l'air content, ses seins palpitaient. J'ai eu envie de les toucher pour voir, de les prendre dans mes mains chaudes et de les regarder fondre comme deux boules de crème glacée.

C'est bizarre que les seins prennent tant de place aux yeux des garçons. Je trouve ça complètement idiot. S'ils savaient ce que Béatrice a réellement dessous quand elle enlève son super soutien avec armatures qui fait gonfler ce qu'elle n'a pas, ça les dégonflerait un peu, ces obsédés. J'ai remarqué du même coup qu'aucun d'eux ne s'intéresse à moi, sauf pour faire le comique. « Eh, piqûres de moustique ! Œufs au miroir ! » J'ai tapé sur le nez du gros tas obèse qui m'a dit ça, il en a d'ailleurs plus que moi, des seins, et Béatrice a dit que ça ne faisait pas très féminin de réagir de cette façon. Je lui ai dit que j'étais féministe et que ça me donnait donc le droit de me défendre contre les niaiseries des gars. Elle m'a dit que j'étais garçon manqué et que je finirais lesbienne si je continuais ainsi. Je lui ai dit que je m'en fichais bien et que c'était normal que les gars la regardent, ils adorent les ballons de football. Elle m'a traitée de jalouse. Je me suis demandé si elle avait raison. Je suis rentrée chez moi plutôt embarrassée après cette bataille, surtout que je ne savais pas qui l'avait gagnée.

Comme maman a son cours de baladi ce soir, j'en profite pour fouiller dans ses tiroirs. Il faut que je vérifie quelque chose, là, sinon ça n'ira pas.

Est-ce que je suis vraiment jalouse ? J'ai choisi son plus joli soutien-gorge, enfin joli, le mot est fort. Je ne vois pas ce qu'il y a de si affriolant dans ces bidules froufroutants. Je l'ai enfilé et attaché de peine et de misère, je ne suis pas contorsionniste quand même. Celui qui a inventé ces agrafes pense que les femmes ont des yeux tout le tour de la tête, ce qui n'est pas tout à fait faux si j'en juge par la capacité qu'ont certaines de mes amies de fouiner en ayant l'air d'être à leur affaire. Bien entendu, les bonnets ne tenaient pas, et même s'ils contenaient de gros coussins, j'ai dû les bourrer de bas de nylon, un autre truc dont les femmes se servent pour se payer la tête des hommes, mais qui les font aussi pleurnicher : « J'ai filé mon bas, bou-hou, il m'a coûté la peau des fesses, bou-hou. » C'est d'un comique. J'ai essayé de les modeler de grosseur égale, mais le droit s'obstinait à demeurer plus petit que le gauche. Puis, j'ai enfilé la seule robe que j'ai et que je ne porte jamais parce qu'elle n'est pas très pratique pour courir et grimper par-dessus les clôtures, mais je n'arrivais pas à remonter la fermeture éclair dans mon dos, mes seins étaient trop gros. J'ai donc choisi une robe en Spandex dans la garde-robe de maman, une chose noire que je trouve absolument épouvantable. J'ai compris le sens du mot « indécent » la première fois que maman l'a portée. J'avais honte pour elle. J'avais envie de lui dire qu'il manquait quelques pieds de tissu, à cette robe, pour bien faire, mais je me suis retenue. Elle semble faite pour moi, tout à coup. Je me regarde dans le miroir en me remontant la poitrine, je m'envoie des bisous la bouche en cœur et je me dandine le derrière. Ça ne va pas, j'en fais trop. Alors je reste là, plantée comme une potiche avec mes seins en l'air, et j'essaie de réfléchir un peu. C'est difficile, empoitrinée comme ça. Je me sens oppressée, déséquilibrée, il y a quelque chose en trop. J'enlève quelques bas de nylon du soutien-gorge, ce n'est pas encore suffisant. J'en supprime jusqu'à ce que je puisse voir le bout de mes pieds. Quand mes orteils apparaissent, je suis soulagée et je peux enfin respirer un peu. Je pense que mon cerveau est en connexion directe avec mes pieds.

J'ai dû perdre la notion du temps car j'entends maman arriver. Elle monte à sa chambre. Je n'ai que le temps de me jeter dans sa garde-robe et de refermer la porte derrière moi, en laissant un rai pour ne pas étouffer, car ses vêtements sont si parfumés qu'on se croirait dans une bouteille de *poush-poush* au lilas. Je la vois, dans son costume de baladi qu'elle n'a pas encore enlevé. Elle se balance devant le miroir en fredonnant des chants pseudo-arabes, très mal, mais ça ne l'empêche pas d'onduler comme une nouille cuite. Elle se caresse le ventre, et les seins. Puis elle commence à se dévêtir. Mon dieu! Je pense m'évanouir quand elle enlève son haut et que je vois les bouchons de tissu tomber sur le sol. Maman n'a pas plus de seins que moi! Nous sommes pareilles! Elle enfile sa robe de nuit en continuant à chantonner, elle n'a pas l'air plus mal sans qu'avec ses prothèses, et ce que je me dis à ce moment, pétrifiée entre ses robes odorantes, c'est: «Comment se fait-il que je n'avais jamais remarqué ça, moi qui ai pourtant tété à même ces si petits seins?» Puis je me dis que mon cerveau n'est pas seulement en connexion avec mes pieds, mais plutôt dedans mes pieds, et je me sauve dans ma chambre tandis que maman est dans la salle de bain. J'appelle Béatrice en m'extirpant de la robe et lui demande pardon de l'avoir traitée de ballon de football, et on redevient amies comme si rien ne s'était passé. Le lendemain, je regarde maman sous toutes les coutures, mais elle est la même que d'habitude. J'ai dû faire un cauchemar. Quand je rencontre Béatrice à mi-chemin de l'école, elle me fourre un sac difforme dans la main. «Tiens, il est devenu trop petit pour moi, je te le donne, tu pourras en avoir besoin un jour.» Je la remercie en rougissant et, bras dessus, bras dessous, nous marchons jusqu'à l'école.

Une femme et son conjoint font l'amour.

Crise de la quarantaine, déjà, à 38 ans? Oui. Tout dégringole, votre moral aussi, comme si la gravité voulait vous voir ramper. Aussi minuscules soient-ils, vos seins n'y échappent pas, commençant à s'apparenter vaguement à de petits pis de vache, si bien que vous évitez de vous pencher vers l'avant pour ne pas accuser davantage la ressemblance. La peau des cuisses, qui se ramasse sur vos genoux, on n'en parle pas: finie la jupette, bienvenue la longuette. Capitons de cellulite ici et là, jusque sur les bras. Et les hanches, et le ventre. Non, plus de ventre vraiment, plutôt un bedon, une brioche, décorée par de nouveaux poils, rudes, noirs, méchants. Vous fuyez les miroirs, vous tamisez les éclairages, vous ne dévoilez que les parties obligées, mains, poignets, visage. Encore que ce dernier suscite une envie féroce parfaitement incompatible avec vos vues féministes de le camoufler par le voile, incompatible celui-là avec vos Levi's et t-shirts asiatiques moulants. Car, malgré tout, votre silhouette demeure celle d'une éternelle adolescente. Il devient difficile de faire le pont entre votre âge physique et votre disposition d'esprit. Vous vous sentez jeune à l'intérieur, mais votre véhicule corporel s'avère un traître révélateur de l'inévitable : vous vieillissez. Personne ne vous avait préparée à cette métamorphose obligatoire et débilitante. Vos yeux sont des loupes grossissant chaque détail, ils vous accusent, vous molestent, ne montrent aucune indulgence. Sur la page couverture du dernier *Elle Québec*, on vous propose dix trucs pour paraître dix ans de moins. Vous achetez la revue et la cachez entre vos dossiers à la traîne. Vous aurez bien le temps de vous morfondre plus tard en regardant ces photos de filles de 15 ans dévoilant leurs astuces pour ne pas en paraître 40.

Vous en parlez, un peu, trop. Bientôt, votre enquête sur cette sérieuse question prend des proportions dantesques. Tout le bureau est au courant. Les vieilles de 41 ans et plus, après vous avoir examinée, compatissent et vous rassurent : «T'en fais pas. C'est normal. Ton corps va continuer de se déformer pendant deux ou trois ans, puis la transformation s'arrête au stade "décrépit". Après ça, tu peux être tranquille pendant quelques années, ça ne bouge plus. Puis tu as tes premiers symptômes de préménopause, alors là, c'est la fête. Tu peux dire adieu à ton mec, y en a pas un qui peut endurer ça, sans compter que ton vagin rapetisse, que tes muqueuses s'assèchent, que ta peau se ride davantage, que tu es d'une humeur exécrable, plus qu'à l'accoutumée. Comment veux-tu te sentir désirable avec tout ça? C'est une punition, naître femme.» Vous les remerciez de vous faire partager leur expérience. Quand vous racontez votre journée à votre conjoint, vous taisez ces passages, vous ne voulez pas le voir pâlir d'effroi, déjà qu'il n'est pas très coloré, avec son teint vanille française et sa barbichette grisonnante — un truc de monsieur idéal pour cacher le moindre faux pli.

Il est gentil, trop gentil, c'est fou ce qu'il est gentil. Il ne voit rien de ce désastre surnaturel, lui.

— Ne me force pas à te voir aussi laide que toi, tu te vois. Ça ne marche pas avec moi.

— Tu es aveugle, ou quoi? Regarde, mais regarde donc!

Vous pincez rageusement votre cuisse pour faire ressortir les petites bosses disgracieuses, vous remontez la peau de vos fesses et la laissez retomber lourdement, vous arquez votre thorax vers l'arrière pour redresser vos seins défaillants, il fait l'innocent. «Tu exagères, tu as toujours été comme ça, tu n'as pas changé depuis que je te connais. Tu hallucines, ma vieille!» Vous allez vomir, rendre l'âme, vous ouvrir les veines, quelque chose comme ça. Ce n'est pas possible. L'aimer davantage ou le haïr? Il essaie de vous tripoter, il pince les bouts de vos seins comme vous aimiez, il y a encore deux semaines, avant le début de la fin. Impossible de vous sentir appétissante, érotique, avec ce corps qui tombe en lambeaux. «Viens, je vais te croquer, tu as envie que je te croque, dis?» Certainement, jusqu'à ce qu'il ne reste plus rien de vous, que des petits morceaux témoignant de votre pitoyable existence de petite vieille précoce. Des morceaux qu'on pourra mettre dans des bocaux remplis de formol et exposer sur une étagère poussiéreuse à la faculté de médecine, sous la rubrique «Ratatinement prématuré de membres féminins». «Allez, viens, détends-toi. Cesse d'être aussi dure avec toi. Tu te fais du mal inutilement. Tu seras toujours aussi belle et désirable à mes yeux, même quand tu seras une petite mémé haïssable.» Vous le laissez caresser vos seins, un peu plus mous qu'il y a 15 jours vous en êtes convaincue, mais toujours aussi sensibles. Vous émergez tranquillement de votre salle de torture, tandis que sa langue s'insinue entre vos cuisses, là où il aime lécher la sueur délicate dont l'odeur lui fait perdre la carte. Vos cuisses coopèrent, s'ouvrent pour accueillir la tête aimante, vos capitons de cellulite chuchotent mais ne dérangent pas trop. Votre ventre, bedon, brioche se soulève, halète avec vous, suit chacune de vos respirations et les petits poils se hérissent doucement, participent en frémissant. Les mains de votre amour sont partout sur ce corps qui est le vôtre, qui s'assouplit et retrouve ses repères de bonheur dans l'abandon. «Tu aimes ça, dis-moi, ma belle, tu veux que je continue?» Vous serrez sa tête entre vos cuisses, elles sont fortes, insistantes, de belles cuisses vivantes qui savent signifier leur envie et lorsque vous jouissez, vous vous sentez comme à 20 ans, 38, 41, 50, tous ces âges à la fois, ces âges sans importance. Mais la rémission ne dure pas, vous redevenez vite la moche inconsolable. Assise sur le bord du lit, les jambes pendant comme de longs vers de jour de pluie, vous regardez le miroir de la porte du placard qui affiche le reflet du sourire béat de votre homme, et celui des deux rictus créés par les plis sous vos seins, des sourires de petite vieille hilare.

L'histoire d'un perroquet qui s'échappe de chez lui et qui se retrouve chez lui après avoir évanouit dehors.

Je suis Jean-Pierre. Je suis Jean-Pierre le perroquet. S'il ne s'agissait que d'être cela, ma vie s'écoulerait dans l'ordre des choses au cœur d'une luxuriante forêt tropicale à voltiger de branche en branche. Je me la coulerais douce, en compagnie d'autres aras qu'on dirait peinturlurés, autant que moi, pour d'occasionnels touristes braquant leurs polaroïds comme des pistolets. Et sur l'une des branches bénies de cette oasis verdoyante se trouverait peut-être une pétulante petite *perroquette* pour partager mon existence oisive et poser pour la galerie... Mais, de ceci et de cela, hélas, il n'est rien. S'il en était ainsi, je ne m'appellerais pas Jean-Pierre, mais Carlos ou Rodriguez, ce qui rappellerait mes origines exotiques. Ma réalité serait peinte en verts flamboyants, rouges assassins et bleus outremer. Je serais gai dans un paysage gai, un oiseau se découpant sur un fond fleuri de véritables fleurs, douces et odorantes.

En fait, si je ne suis ni Santos ni Andreas di Palma, c'est que mon corps et mes plumes n'ont jamais habité d'île pittoresque. Car, depuis Noël 2003, j'ai quitté l'animalerie où je suis né pour devenir la propriété de Xavier Bellefeuille, un petit garçon qui n'a visiblement aucune des qualités nécessaires pour prendre soin de quelque volatile que ce soit, dut-il, ce moineau, venir avec une encyclopédie en dix volumes sur l'élevage de la gent plumée. Tout bien considéré, le toucan de la boîte de Froot Loops se porte mieux que moi, d'autant plus qu'il ne se fait pas lancer ses céréales par la tête à l'heure du déjeuner, lui.

Ce Xavier, dans sa grande chambre de sa grande maison de <u>Saint-Lambert,</u> n'a comme seul but dans la vie que d'accumuler des soldats de plastique et autres objets d'aussi mauvais goût. Il n'en a que pour eux. Je me demande bien à quoi sa mère a pensé en m'offrant à ce dictateur maigrichon, qui ne pense qu'à lever des armées à longueur de soirée. Depuis des mois que je me trouve en sa possession, il ne m'a adressé la parole qu'une fois : « Pousse-toi, fatigant. » Rien de plus. Pousse-toi, fatigant. Je suis retourné illico sur mon perchoir, de toute façon beaucoup plus confortable que son épaule osseuse. Perchoir que, dans le but raté de créer un décor naturel, on a posté contre un mur à la tapisserie si fleurie que j'ai l'air d'être une carte postale, si je ne bouge pas.

Je me sens très blessé dans ma dignité d'*ara nobilis*. Si au moins le p'tit gars m'apprenait quelques mots, mes talents d'imitateur-né se développeraient peut-être un tantinet. Je doute que «Pousse-toi, fatigant» plaise à sa mère, qui se tue à essayer de me faire dire «Bonjour, Coco» comme s'il s'agissait là du langage le plus raffiné. Et puis, c'est Jean-Pierre ou c'est Coco? On dirait que personne ne se consulte dans cette ménagerie. Alors, quitte à passer pour muet, je me tais au lieu de répéter leurs bêtises, tant et si bien qu'à chaque rare tentative de me délier la langue avec mes propres mots, je me la mords. À force de ne pas jaser, elle s'engourdit, quoi.

Je suis devenu l'objet désigné pour l'assouvissement des lubies de fasciste du petit monstre. Il me capture en m'empoignant brutalement, sans aucun égard pour mes plumes délicates qu'il froisse, dans le but d'utiliser ma personne innocente comme cible. Voilà grosso modo le scénario: il me place au centre de la pièce et là, le despote m'encercle avec ses sales petits soldats névrosés, qui direngent tous leur fusil à baïonnette vers moi. Et moi, à mon corps défendant, je participe à son théâtre imbécile en restant planté là, attendant la suite, une invariable succession de bruits d'explosion sortis tout droit de sa bouche-canon et censés, je suppose, imiter ceux de l'artillerie d'une guerre à grand déploiement. Une guerre aussi tapageuse que les batailles de becs que se livraient sans repos les perruches à l'animalerie, dans la cage voisine de la mienne. J'y aurais lancé une bombe, dans ce poulailler. Cette mise en scène a fini par ne plus le satisfaire, le lieutenant Saint-Lambert. Il lui fallait des effets sonores plus véridiques, de la vraie fumée, des projectiles, un soldat Ryan.

Le jour où il essaya de m'atteindre avec une allumette flambante, c'en fut assez. Je pris la première fenêtre entrouverte et, plumes à mon cou, détalai par la voie des airs parmi les flocons de neige, lesquels, tenant à leur courte vie, m'évitaient pour ne pas fondre au contact de mon corps. Car j'étais si brûlant de rage, d'exaltation, de toutes sortes d'émotions jamais ressenties auparavant, que je me sentais comme une boule de feu, un météorite cinglant l'atmosphère. Superman! Que dis-je? Super Jean-Pierre, le perroquet intergalactique! Libre! J'étais libre! Et ciel, quelle ivresse à voler ainsi de mes propres ailes, certes pas à une vitesse folle, j'étais si engourdi après une si longue incarcération, mais suffisamment vite pour me sentir fou moi-même, le cœur transporté par un enthousiasme qui prenait des couleurs flamboyantes, assassines, outremer... Je me sentais renaître.

Avais-je peur? Je ne saurais le dire. Si peur il y avait, elle me donnait des ailes et exacerbait tous mes sens. Jusqu'ici, mon horizon s'était limité à des surfaces planes, des barreaux, quelques objets insignifiants. Mais là, il s'étendait à des distances qui me faisaient perdre la vue! J'avais beau voir tout le tour, je ne voyais rien de loin! Ma nervosité autant que ma myopie m'empêchaient de discerner les choses qui fonçaient vers moi trop rapidement, s'agglomérant en un embrouillamini de formes, de couleurs et de sons.

Très vite, je sentis le froid. Un froid très froid pour un petit poulet. J'étais grisé mais je devins givré en moins de deux. Je me mis à battre de l'aile comme si j'y avais du plomb. Je perdis le nord et mon bec alla s'écrabouiller contre une surface dont la texture et le dessin ressemblaient aux barreaux de mon ancienne cage.

Ce soir-là, je connus le froid, la douleur, et le vrai amour. Deux mains saisirent délicatement mon corps gelé et endolori, je perçus comme dans un rêve les inflexions d'une voix qui me caressait de mots aux consonances inconnues de moi jusqu'alors, des mots qui faisaient fondre ma misère et ma peur. Je m'évanouis entre les pans d'un tissu si chaud, si douillet qu'aucun nuage au ciel ne m'eut semblé plus accueillant. Je connus le froid, la douleur et l'amour, oui, puis l'alcool. Deux petites gouttes au fond de mon gosier suffirent pour me faire revenir à moi.

Et qui avais-je devant les yeux à mon réveil, je vous le demande ? Le petit nazi en personne enfoui dans un fauteuil, se tortillant misérablement, une main sur un genou, l'autre étreignant comme s'il voulait le pulvériser un de ses objets fétiches. Le petit torpilleur prenait une mine déconfite, une caricature de la contrition, mais sa mère n'était pas dupe.

Elle le grondait sans ménager ses mots, de cette voix autoritaire et sèche que je lui connaissais et qu'elle n'avait pas lorsqu'elle m'avait cueilli un peu plus tôt pour me bercer de ses tendres roucoulades.

Ma seule consolation fut de croire férocement (il fallait bien que je m'aide à surmonter le choc) que les mots d'amour que j'avais perçus, susurrés de sa bouche à mon oreille là-bas dans la neige, n'appartenaient qu'à moi. Je n'aurai qu'à m'enfuir encore pour les entendre à nouveau.

NAISSANCE ET MORT D'UNE CALVITIE

Je m'appelle Charles... non, inutile de décliner mon identité complète, même qu'il ne vaut mieux pas. Il existe de ces situations où il est préférable de conserver un brin d'anonymat. Celle-ci en est une, elle ne concerne que moi. À tout le moins, quelques êtres humains se sentiront intéressés. Les autres riront, sans aucun doute.

J'ai 30 ans et je ne dors pas, pas très bien, plutôt mal. Vous voulez savoir à quoi ressemble un homme qui ne dort pas depuis un an? Il faut absolument me rencontrer. J'ai la gueule type. Si on me croise sur la rue et qu'on me regarde le moindrement, impossible de ne pas se dire : «Ce gars ne doit pas dormir depuis un an. Il a la gueule type.» Ça me déprime. Mais il n'y a pas que cela. Un drame s'accompagne souvent d'un autre drame, pire : j'ai commencé à perdre mes cheveux. Je tente l'approche psychologique en essayant de faire un lien entre mon insomnie et le début de ma calvitie, étant donné que les deux datent d'à peu près la même période, mais je n'arrive à aucune conclusion qui vaille. Je suis dans un perpétuel état de fatigue, une espèce de léthargie qui me fait fonctionner sur le pilote automatique, à un point tel que je ne vois plus clair sur rien. Mais il y a une chose que je vois sans peine : la surface de mon crâne qui devient visible. Dans la salle de bain de mon appartement de petit célibataire presque chauve — parce qu'en plus je suis cela : petit —, il y a une lumière assassine qui ne pardonne pas. Je ne sais pas pourquoi je ne remédie pas à cette situation, je dois être en passe de développer un goût malsain pour la souffrance. C'est sous cet éclairage cruel que j'ai constaté, le matin après une nuit particulièrement agitée, le début de la fin de ma chevelure. En fait, j'ai d'abord remarqué les cernes sous mes yeux, éteints malgré le néon allumé, puis les rides sur mon front, les pores de peau dilatés et le teint grisâtre, comme si tout le sang avait quitté ma carcasse pour aller quelque part ailleurs. L'air d'un type qui vient de faire un séjour à tarif réduit dans un spa malfamé des Laurentides. Ça aurait pu suffire à m'anéantir, mais apparemment, j'avais ce qu'il fallait pour en prendre davantage, parce que lorsque je me suis passé les doigts dans les cheveux pour les ébouriffer et que j'ai soulevé ceux qui sont censés former un soi-disant toupet, j'ai remarqué qu'il en manquait au moins une centaine de chaque côté du front. Désespéré et faussement optimiste, j'ai pensé à ces têtes d'œuf qui ont tout de même du succès au cinéma, dans le milieu de la chanson et de la danse, mais ça ne m'a pas rassuré parce que je n'ai rien à voir avec le showbiz. Je n'ai jamais reçu de lettres d'admiratrices ni d'applaudissements pour le travail que je fais. Parlons-en, d'ailleurs, de ce travail : je suis analyste-programmeur dans une compagnie de pointe. J'y suis entouré d'une faune de drolatiques très chevelus qui se feront certainement une joie primitive d'australopithèques poilus de me faire sentir par 1 000 petits détours qu'on voit la réflexion des néons sur ma tête. Les gars en informatique sont des cancres en matière de solidarité masculine ; faudrait qu'elle puisse se compter en bits pour qu'ils comprennent ce que c'est. Je vis dans la crainte constante de voir mon cas s'aggraver, tout en sachant fort bien que de seulement y penser me stresse davantage, amplifie mon anxiété et probablement la chute de mes cheveux. J'ai développé un tic incontrôlable consistant en une inspection fanatique de mes épaules. Un vrai fou invertébré : je pivote la tête comme un perroquet, d'un bord à l'autre, en louchant pour bien vérifier l'étendue qui va de la clavicule à l'omoplate. Si j'y découvre un cadavre, je le prends dans le creux de ma main, je regarde le suicidé avec angoisse et je cherche à lui arracher une réponse : « Ma tête était-elle si inconfortable ? Que puis-je faire pour remédier à la situation ? Dis-le-moi, espèce de con ! » Puis, je le laisse planer jusqu'au fond de ma corbeille avec le sentiment désagréable que quelque chose m'échappe. Je fais des statistiques, des calculs, j'ajoute ces nouveaux morts à ceux que j'ai ramassés sur mon oreiller au réveil (c'est la première chose que je fais, ça commence mal la journée, mais je ne peux m'en empêcher, j'espère toujours qu'il y en aura moins que la veille), ainsi qu'aux autres que je répugne à recueillir dans le drain de la baignoire. Plus je dors mal, plus je pense à mes cheveux. Plus je pense à mes cheveux, plus je vois toutes mes chances de rencontrer la femme de ma vie s'envoler. Je sais, c'est idiot, ça n'a rien à voir, mais c'est plus fort que moi. Il y a une fille au bureau, je la trouve pas mal, pas mal chouette. Toujours de bonne humeur. Remarquez qu'il y a de quoi, elle a assez de cheveux pour garnir tous les crânes de moines du Tibet. Je me sens tout à fait dégarni devant elle, je n'ose même pas l'inviter à dîner, encore moins au cinéma, même si dans la pénombre je me sentirais probablement plus à l'aise. Le manque de sommeil et la calvitie peuvent endommager sérieusement la vie intime et le discernement d'un gars. Une preuve de plus : ma sœur, à qui j'ai osé en parler. La première chose qu'elle m'a suggérée après ma confession téléphonique :

— Va voir Voualtèr, il va t'arranger ça, ça ne se verra plus.

— Qu'est-ce qu'il fait, ton Voualtèr, de la magie, de la transplantation ?

— C'est un super coiffeur, il a tout appris à New York, des techniques de coupe super. Tu devrais voir la mienne, et la couleur qu'il m'a faite, «Oiseau du paradis». Tu ne me reconnaîtrais pas. Il est incroyable, un coiffeur doublé d'un psychologue. On sort de là complètement transformé, on est un autre nous, on ne voit plus la vie de la même façon, c'est super thérapeutique. Voilà ce que ça te prend, une bonne coupe d'un super professionnel. Cette manie que tu as de te faire la tête toi-même au *clipper*, on dirait Johnny Rotten. Tu ne préférerais pas ressembler à Brad Pitt dans *Seven* ? Voualtèr se la fait souvent demander, celle-là, c'est très *in*.

— Tiens, tu connais Johnny Rotten ? Chrystelle, tu m'étonneras toujours.

— Tu m'as cassé les tympans avec tes Sex Pistols tout le temps de ton adolescence. D'ailleurs, c'est sûrement à ce moment-là que ta calvitie a commencé, tu mettais le volume tellement fort, ça t'a arraché les cheveux de la tête.

— Arrête. Il faudrait plus qu'une coupe de cheveux pour me faire ressembler à Brad Pitt et puis, je ne vois pas l'intérêt. Mon ex me disait que je ressemblais à Ben Kingsley, c'est louche, on ne l'a jamais vu avec un cheveu. Donne-moi l'adresse de ton pédé, je vais y penser. Il est peut-être temps que j'investisse sur moi, tu as raison.

— Qui te dit qu'il est gai ? Bon d'accord, il est sûrement gai, ça se voit par l'écoute exceptionnelle qu'il a envers ses clientes. On sent qu'il nous considère comme des êtres humains et non comme des touffes de poils anonymes. Il n'est pas là en train d'évaluer la situation de façon personnelle, dans le but de voir s'il peut nous sauter après la mise en plis.

— Évidemment, s'il est gai. Franchement, Chrystelle. Bon, donne-moi les coordonnées.

— Ça s'appelle «Épi en tête», sur l'avenue du Moron-Royal.

— Quoi ? Je n'ai pas envie d'aller me faire dépersonnaliser dans un truc qui s'appelle «Épi en tête», es-tu folle ? Ils nous font des têtes d'Halloween, ou quoi ?

Je me suis soudainement rappelé l'allure qu'arborait ma sœur à l'anniversaire de mariage de nos parents. Un mélange de Cruella et de Marie Laberge. Tout le monde la complimentait pour aussitôt se mettre à chuchoter derrière son dos. Moi aussi.

— Relaxe, eh, tu es vraiment tendu, mon petit vieux. Tu ne dors pas mieux, ou quoi ? Tu devrais m'accompagner chez ma copine Carmen samedi soir prochain, ça te détendrait. Je vais acheter des sushis, on ne rate pas son coup avec ça. Il y aura une de ses amies, qui sait si elle ne serait pas ton genre ? C'est vrai que tu es si difficile…

— Non, merci, très peu pour moi. Je n'aime pas les sushis et puis, les samedis soir, je reste chez moi et je déprime sur ma calvitie. Bon, j'appelle ton Voualtèr et je t'en redonne des nouvelles. Merci, petite sœur. Tu ne dis rien de ça à personne, hein ? Pas besoin que toute la ville sache que je suis infirme.

— Te fais pas de bile. Tant que tu ne dis pas à Bob que je t'ai parlé de son petit problème.

— Tu n'aurais jamais dû me dire ça. Depuis ce temps-là, chaque fois que je le vois, j'imagine qu'il a un pénis d'un pouce et demi.

— Il n'a pas un pénis d'un pouce et demi, idiot ! Tu ne m'as pas écoutée, ou quoi ?

— Vous pourriez le faire dans votre nouveau cabanon, ça lui ferait peut-être un effet décuplant.

— Bon, je t'ai assez entendu. Occupe-toi de tes problèmes au lieu des nôtres. Allez, appelle Voualtèr, tu ne le regretteras pas. Il va te faire oublier ta supposée calvitie en moins de deux coups de ciseaux. Il coupe à une vitesse folle sans jamais se tromper !

— Ouais. J'espère qu'il ne me chopera pas un bout d'oreille.

À défaut de me faire du bien, ça me change toujours les idées de parler à ma sœur. Elle a le don de ne jamais aller trop en profondeur. De toute façon, elle en serait incapable. J'ai mis le numéro de Voualtèr en veilleuse, il me fallait y réfléchir. Je n'aime pas tellement ces salons de coiffure à la mode, ils me terrorisent. Tu es planté là comme une potiche décorative sur une chaise haute, sans défense, à la merci de lames hyper aiguisées. La collerette empesée du tablier t'emprisonne et te force à te tenir raide comme si tu portais un corset orthopédique et pendant ce temps, tu es le point de mire des clients qui attendent leur tour et s'emmerdent. Résultat, une fois qu'ils ont désespérément feuilleté toutes les revues de looks impossibles à reproduire sur le commun des mortels, à la recherche de celui qui leur redonnera le moral, il ne leur reste plus qu'à porter leur attention sur le fameux portrait que tu offres, les cheveux collés, aplatis au maximum sur ton crâne. Ça les fait ricaner en silence, comme s'ils ne savaient pas que leur tour viendra. Tout ça te place dans une position de vulnérabilité éhontée. J'ai toujours pensé que si les coiffeurs respectaient les clients, ils leur couperaient les cheveux entre deux cloisons, dans la plus stricte intimité. Tout de même, il s'agit là d'une opération majeure, je ne vois pas en quoi cela concerne la rue entière d'assister à mon dépouillement, c'est totalement obscène. Je refuse d'offrir un tel spectacle à des inconnus, voilà pourquoi je me fais la tête moi-même depuis des années. J'ai composé le numéro de Pierre, mon copain chimiste. Il y avait peut-être un terrain intéressant à tâter du côté de la chimie. C'est sa copine qui a répondu. J'étais content, elle est brillante et pas mal jolie, le genre jolie qui n'en rajoute pas. J'apprécie cette simplicité chez les filles, elles en font souvent trop, pour rien d'ailleurs. Je déteste sentir le rouge à lèvres de la fille s'étaler tout le tour de ma bouche pendant un baiser ou découvrir une fois le soutien-gorge expulsé qu'elle a menti sur la dimension de ses seins ou pire, tâter des implants en silicone, le plus horrible cauchemar qui peut arriver dans la vie sexuelle d'un gars le moindrement sensé. J'ai toujours dit qu'avec des petits seins, au moins, on est certain de ne pas se faire avoir. Et que trop de rouge à lèvres devait finir par causer un cancer quelconque, on verra bien lequel un jour. Je n'ai jamais compris comment Karine pouvait sortir avec Pierre. En tant que gars, d'accord, je peux l'endurer. Avec lui à mes côtés, je suis certain de ne jamais manquer une belle fille qui passe. Mais si j'étais sa blonde, je ne le tolérerais pas. Je me suis souvent demandé comment on pouvait être à la fois scientifique et coureur de jupons. Il faut croire que, d'un certain point de vue, c'est un mix aussi probable que Cruella et Laberge, côté capillaire.

— Charles! Je suis heureuse de te parler. Tu sais que ton salaud d'ami est à San Diego en train de s'envoyer en éprouvette avec une Allemande? Le salaud, le salaud!

— Du calme. Comment tu sais ça, il a fait un interurbain pour te le dire? Ça m'étonnerait de lui.

— Bon, tes paroles me le confirment. Tu as enfin fini de le couvrir?

— Je ne l'ai jamais couvert, qu'est-ce que tu me chantes là? Je t'ai toujours avertie que tu faisais une erreur en faisant confiance à Pierre. Il a trop de cheveux pour être fiable.

— Quoi ? Qu'est-ce que tu dis là ?

— Rien, je pensais tout haut. Bon, qu'est-ce qui se passe, au juste ?

— Il m'envoie des tas de cartes postales et tu sais comment il est incapable de se retenir de tout dire. Dès la deuxième, il m'a parlé d'une Magda...

— Une grosse Allemande poitrinée et coiffée de tresses blondes, qui parle en roulant les *r* et qui porte un tablier brodé et de gros sabots...

— Non, pas du tout, une grande mince scientifique qui l'emmène avec elle pour acheter des robes. Il a toujours détesté magasiner avec moi, tu vois ! Sans compter qu'il me reproche souvent de ne pas m'intéresser à son travail. Est-ce que j'essaie de l'entraîner à mes cours de tai-chi, moi ? Écoute ça, il écrit qu'elle lui fait penser à moi quand j'avais les cheveux courts, sauf qu'elle n'a pas de taches de rousseur dans le dos. Il a vu son dos ! Il est entré dans les cabines d'essayage avec elle ? C'est dégoûtant ! On est à des kilomètres et il m'écrit des trucs lubriques.

— Ce n'est pas si lubrique et puis c'est vrai, tu étais mignonne les cheveux courts.

— N'en rajoute pas ! Maudits gars, tu le défends, en plus ! Argh, une race à exterminer !

— Les grandes Allemandes tout en jambes ?

— Non ! Les hommes !

— Même ceux qui perdent leurs cheveux ?

— Niaiseux, qu'est-ce que ça a à voir? Pierre a des cheveux à en revendre et pas de tête dessous, c'est ce que je commence à constater. Je préférerais un ultra-chauve fidèle à un chevelu qui m'écrit qu'il me trompe en ayant l'air de me raconter des vacances. Il n'est même pas en vacances, il est en congrès! Argh, je le déteste! Je pense que je vais lui en écrire, moi, une carte postale.

— Comme c'est intéressant... Continue, ça va te faire du bien de parler un peu de tout ça. Je t'écoute.

Il n'y a pas que Vouàltèr qui peut faire preuve d'une écoute exceptionnelle. Je ne m'étais jamais senti aussi auditif. Je commençais à voir poindre l'horizon d'un territoire inespéré et inattendu. Pierre sur le point de commettre une erreur irréparable, perdant ainsi sa copine que j'aime plus que bien et qui elle, accepte les chauves. Moi qui n'essaie pas de le défendre et qui au contraire attise le ressentiment de la copine, donc qui deviens l'allié, le sauveur, et qui en retour suis aimé par la copine, calvitie ou pas. Wow! Karine et moi avons fait le procès des insensibles qui ont la queue plus importante que le cerveau, qui tiennent deux discours, un pour leur blonde et un autre quand la blonde n'y est pas. J'y suis allé de mes analyses sur l'urgence d'un dialogue impeccable et continu au sein du couple, sur la nécessité de développer une capacité d'introspection et d'autocritique qui égalerait en importance celle d'être transparent et honnête, préalables obligatoires à l'échafaudage de la confiance mutuelle. Karine était soufflée, elle ne savait apparemment pas que j'avais autant de connaissances et de bon sens en relations interpersonnelles. Moi non plus. Ce dont la nature nous a privés point de vue cheveux nous est redonné en imagination; c'est une hypothèse qu'il me faut étudier. À ce stade de communication et d'intimité, j'ai pensé qu'il était plus que permis d'aborder la raison de mon appel, même si j'avais la trouille. Je craignais de saper toutes mes chances avant même d'être certain d'en avoir une. Qu'à cela ne tienne, j'ai opté pour cette fameuse transparence dont je venais de faire l'éloge. Cela ne pourrait me valoir que des compliments et encore plus de communion avec l'objet de mon nouveau but: damer le pion à Pierre, que j'ai au fond toujours méprisé, ne serait-ce qu'à cause de son succès avec la gent féminine, et lui chiper sa copine qui aime les chauves.

— Tu perds tes cheveux? Et puis après? C'est bien pire de perdre la tête. Es-tu en train de perdre la tête aussi? Si oui, je connais un bon psychologue, il est complètement chauve d'ailleurs, et très sexy!

— Je n'ai pas besoin d'un psy. Chrystelle m'a conseillé un bon coiffeur.

— Chrystelle? Pas son Voualtèr, toujours? Tu aurais dû voir la tête qu'il m'a faite, j'avais l'air de Suzanne Lévesque en sortant de là, comme si j'avais été électrocutée. Il voulait absolument me faire une teinture, tiens-toi bien : «Luxure tropicale». Qui veut payer 60 dollars pour ressembler à un perroquet dégénéré, dis-moi ? J'ai dû payer un autre coiffeur pour qu'il me redonne une allure normale. Pis mémère, le gars ! Je suis convaincue qu'il fait parler ses clientes et qu'il rit d'elles dès qu'elles ont passé la porte avec leurs têtes de poussin hirsute. Et puis mon beau, je doute que Voualtèr règle ce que tu appelles un problème. De toute façon, t'es original, un vrai Johnny Rotten de l'an 2000. Ce ne sont pas quelques poils de moins qui feront la différence. Tu as de la personnalité. Il y a plus important que les cheveux, ma foi. Des jambes pour aller où tu veux, avoir ses dix doigts, ses cinq sens, la santé, c'est plus utile que des tonnes de cheveux. Ne sois pas aussi superficiel que Pierre, par pitié ! Tu devrais le voir le matin se débattre avec ses trois pâtes à modeler, ses gels et ses fixatifs, il m'exaspère. Les cheveux, ça ne sert qu'à avoir envie de se les arracher quand tu n'arrives pas à leur donner le pli que tu veux. Je comprends que les moines se rasent la tête. Tu les imagines en train de se faire la mise en plis avant d'aller méditer sur le détachement ?

— Tu connais Johnny Rotten ?

— Quoi ?

Nous avons dû mettre fin à la conversation, la sonnette a retenti. Ça tombait mal, j'aimais bien la tangente que ça prenait. Je commençais à envisager la

perte graduelle de mes cheveux comme une cala-
mité moins grave qu'un cancer de la prostate. Une
heure de téléphone supplémentaire et j'aimais ma
calvitie. J'ai raccroché en promettant de la rappeler plus tard. Elle avait l'air enchanté, et nettement
plus détendue qu'au début de notre conversation.
Je me sentais content de moi. J'ai eu un choc en
ouvrant la porte : c'était ma sœur. Qu'est-ce qu'elle
foutait là ? On venait à peine de se parler. J'ai toujours pensé que Mascouche n'était pas suffisamment éloigné de la planète Terre.

— Charles, mon poussin, je te kidnappe. Voualtèr
nous attend pour 4 h.

— Pardon ? Nous attend ? Toi et quelqu'un d'autre,
j'espère ?

— Non non. Je l'ai appelé après ton appel, je lui
ai parlé de ton cas.

— Mon cas ?

— Oui, tu sais, tes petits cheveux qui disparais-
sent parce que tu ne tiens pas des voisins, regarde
papa, il était chauve à 25 ans. Donc Voualtèr va te
faire une coupe, un *brushing*, une teinture peut-
être, il va te montrer des trucs pour tirer le
meilleur de ce qu'il te reste.

— Wow là ! Tu n'avais rien à faire de ta journée,
toi ? Pis tu as vu le temps ? On dirait qu'il va neiger.
Tu ne ferais pas mieux de retourner dans ta région ?
Saint-Lambert, ce n'est pas la porte, qu'est-ce qui
t'a pris ?

— Ah, c'est une longue histoire. Disons que j'avais envie de prendre l'air, Bob est un peu bougon, ces temps-ci. Et ce n'est pas souvent que je prends soin de mon petit frère, hein ?

Je n'aime pas quand ma sœur me colle. Ça ne se fait pas, on ne voit ça que dans les films, des frères et sœurs qui se minouchent. Je l'ai repoussée doucement, je ne voulais pas la blesser tout de même, juste lui faire comprendre que l'amour fraternel a ses limites dans la vraie vie.

— Sois gentil, fais-moi un thé.

— Bon, on va mettre quelque chose au clair. Pas de teinture, pas de *brushing*, une coupe et on en reste là. Je vais bien étudier sa super technique de manière à pouvoir la reproduire moi-même, tout seul, dans la quiétude de ma salle de bain.

— Mon petit frérot est pudique ? Ne t'en fais pas, je vais me tenir juste derrière toi pour te cacher de la porte d'entrée et du monde qui attend.

— Quoi, il a une chaise sur le bord de la porte, en plus ?

— Oui, c'est leur coiffeur vedette, attends de voir son look, ils ne vont pas le cacher dans le cabanon où ils rangent les balais, tout de même !

— Bon sang. Un thé orange Pekoe de la marque du magasin, ça te va ?

On a bu notre thé en silence, enfin moi. Chrystelle, elle, parlait, sans paraître ressentir le besoin de respirer entre chaque phrase. Je faisais semblant de l'écouter, j'opinais, pendant ce temps je pensais à Karine et à ce qui allait être notre vie de couple une fois Pierre éjecté du décor. Jamais mon statut de célibataire ne m'avait semblé aussi délicieusement précaire. Au fond, était-ce si terrible de faire plaisir à ma sœur ? Je me sentais déjà moins anxieux et l'idée de me présenter à Karine avec une tête différente me plaisait bien. J'espérais toutefois qu'elle ne serait pas là à me scruter les cheveux pour vérifier mes dires et qu'au contraire, elle aurait oublié tout ça et ne mettrait ses énergies que sur la nécessité de rayer Pierre de son existence pour m'y faire une place neuve. J'ai enfilé ma veste de cuir vachement cool et enroulé un foulard de façon volontairement négligée autour de mon cou. Pour un informaticien, j'ai du style.

Il faisait un peu froid pour un début de novembre. Quelques flocons volaient dans l'espace et peignaient un décor des fêtes précoce comme je n'aime pas en voir avant le 24 décembre. On a décidé de prendre la voiture de Chrystelle, un petit missile exagérément rouge qui rompait le paysage uniforme de la rue. Saint-Lambert, ce n'est pas laid, mais ce n'est pas laid pareil du début à la fin.

— Charles, tu as vu ça ? Vite, là !

— Ouah ! C'est un perroquet, un petit oiseau tropical, en tous cas. Il a dû s'échapper, il va se geler. Viens, on va essayer de l'attraper !

— Non! Voualtèr nous attend et il y a déjà du trafic à cette heure. On risque d'être en retard et tu vas manquer ton rendez-vous. J'ai dû lui faire mon numéro de charme pour qu'il te coince entre deux autres clients. Le propriétaire doit déjà être à sa poursuite, ça vaut cher, un oiseau comme ça.

— Comment peux-tu penser comme ça? Il ne sait peut-être même pas qu'il est sorti de la maison.

— Ça caquette tout le temps, les perroquets, c'est sûr qu'il a remarqué son absence.

J'ai pensé: «Comme Bob, quand tu n'es pas là.»

— Qu'est-ce qui te prend de te faire autant de souci pour un oiseau? Tu es devenu sensible, ou quoi? Tu es amoureux? Ha! C'est ça et tu ne me l'as pas dit?

— Ben non, arrête. Viens, il est déjà loin, maintenant, mort peut-être.

— Chacun sa destinée. La tienne est d'aller te faire chouchouter par mon beau Voualtèr. J'ai assez hâte qu'il te voie. Tu ne te reconnaîtras plus en sortant du salon!

C'était bien la dernière chose que je souhaitais, ne plus me reconnaître. Je passe ma vie à viser le contraire, il ne manquerait plus qu'un petit coiffeur me fasse régresser. Il y avait un embouteillage sur le pont. Pour une fois, j'ai espéré que l'attente s'éternise. Chrystelle ne semblait pas s'en faire, elle draguait le conducteur de la voiture à côté en fredonnant la pièce thème de *Star Académie*. Au lieu de lui enfourner l'allume-cigare dans la bouche, j'ai placé dans le lecteur le CD des Stereolab que je lui ai offert à sa fête et qu'elle n'écoute jamais, et j'ai mis le volume à fond, un peu plus fort que nécessaire. J'avais les nerfs à vif, à cause de ses fredonnements insensés et de l'épreuve que je m'apprêtais à subir et que je voyais d'un très mauvais œil. Déjà, s'appeler Voualtèr, pour moi, c'était douteux. Dans mon for intérieur, j'étais certain qu'il devait se nommer Roger ou Donald et qu'il avait choisi un nom qu'il supposait *jet set* pour se donner du calibre. J'ai un instinct pour repérer les frimeurs. Chrystelle a louvoyé adroitement et on s'est retrouvé sur l'avenue du Moron-Royal en moins de deux. Se dénicher un espace de stationnement s'est avéré une tout autre paire de manches. Il semblait que la galaxie entière avait un rendez-vous dans le quartier. J'ai proposé qu'on remette ça, mais ma sœur a une tête de cochon. Elle a fait une espèce de prière en une langue inconnue, le mascouchois je suppose, et d'un seul coup, un espace vide assez grand pour accueillir un autobus scolaire nous est apparu. J'allais y passer, c'était écrit dans le ciel, du moins sur la surface de ma calotte crânienne.

— Allez, viens, tu ne t'en vas pas à l'abattoir.

— Je préférerais l'abattoir.

— Ben voyons, ne fais pas l'enfant. Tu sais quoi ? C'est moi qui t'invite, je te paie la coupe !

— Pour que ça te donne la permission de tout contrôler ? Non merci, je suis assez riche pour me payer un fiasco. Tu en as assez fait. Pourquoi tu n'irais pas prendre un café au coin pendant que j'y passe ? Je te le paie.

— Non, je veux assister à ça. C'est tout un spectacle de voir aller Voualtèr, et puis oui, je veux garder un œil sur ce qu'il te fait.

S'obstiner avec sa sœur — avec les filles en général — équivaut à tenter de faire avancer un âne sans carotte. Dès que mes yeux se sont posés sur l'affiche ultra-quétaine au-dessus de la vitrine, dès que j'ai constaté combien la vitrine permettait aux passants de voir les condamnés aux ciseaux à l'intérieur grâce à un astucieux éclairage au néon digne de celui de ma salle de bain, dès que j'ai mis le pied dans cet antre du poil et que je me suis retrouvé derrière la vitrine kitsch, j'ai senti mes genoux chanceler. Les odeurs synthétiques ont assailli mon nerf olfactif, qui s'est détérioré d'un coup. Un grand escogriffe à kilt écossais et aux cheveux tressés remontés en chignon s'est jeté sur moi et m'a proposé un café, une tisane, un thé ou un chocolat chaud. À voir la manière dont il jouait des poignets, il faisait des exercices d'assouplissement ou il me lançait une sorte de message. J'ai demandé une camomille, en sachant fort bien qu'il n'y a que les filles pour boire une telle insipidité dans le but illusoire de les calmer en SPM, mais à ce moment, j'avais besoin de croire que cette potion possédait de telles vertus. Je me suis enfoui dans un fauteuil en souriant bêtement aux deux dames qui sirotaient leur café et faisaient mine de s'intéresser à quelque chose en attendant leur tour. Chrystelle se cassait le cou pour apercevoir Voualtèr, excitée comme une puce, et moi je me tassais dans ma chaise en espérant que les gros coussins m'avalent.

— Chrystelle, ma chouette, comment va ta teinture?

Le Voualtèr s'est amené avec une démarche ondulante. En fait, il ondulait de partout, des bras, des mains, des hanches, du cou. Il avait dû perfectionner son truc en observant des flamants roses ou autres invertébrés. Il a passé une main experte et affectée dans la chevelure de Chrystelle en froufroutant de la voix: «Han-an, ouais, han-an, j'ai fait du bon boulot, mais faudrait pas tarder, hein ma chouette?» et Chrystelle s'efforçait d'y remettre de l'ordre à mesure que Voualtèr l'ébouriffait. C'est lorsque j'ai aperçu les anneaux que j'ai *freaké*. J'en avais les cheveux hérissés sur la tête. J'ai imaginé tous les orifices et protubérances de son corps ornés de pacotilles et clinquants divers, ça m'a achevé. Il a terminé son inspection capillaire puis il a plaqué des baisers sonores au-delà des joues de ma sœur en prenant bien soin de ne pas les toucher, comme s'il craignait d'attraper une maladie, la bouche en cœur, les yeux vissés sur moi.

— C'est lui? Mon chou, ça ne me semble pas si pire, ta calvitie. Relaxe, *dear*, on va te faire tout beau!

Il beuglait, pour faire bénéficier tout l'établissement de son diagnostic et attirer l'attention sur lui. Le mot «calvitie» doit posséder un pouvoir d'attraction prodigieux, car tous les yeux se sont tournés pour se poser sur moi et ma pauvre difformité. Ma sœur lui avait raconté ma vie, j'aurais dû m'en douter. Ou alors pire, on ne voyait plus que ça, ces vastes étendues désertiques sur mes tempes. Il s'est mis à me gratter la tête et à relever mes cheveux dans tous les sens en les examinant avec des mines de scientifique, au grand plaisir des deux femmes qui avaient cessé de feuilleter leurs revues inutiles pour observer la pantomime du spécialiste des causes perdues. J'ai eu envie de décapiter quelqu'un, ma sœur la première, qui elle aussi semblait prendre un intérêt démesuré à la scène. Vraiment, j'aurais préféré me trouver à un arrêt d'autobus à 3 h du matin, vêtu d'un simple caleçon par 30 degrés sous zéro.

— Voualtèr va t'arranger une tête qui a du style. Ça ne sera pas difficile de faire mieux, d'ailleurs. Tu devrais penser à actionner le coiffeur qui a commis ce crime, *my god*, il doit être aveugle! Passe au lavabo, on va commencer par assainir ton cuir chevelu, il en a bien besoin. Tu te laves la tête une fois par semaine? Et avec quel shampoing? Pas un produit chimique de la pharmacie, toujours? Je vais te suggérer ma concoction spéciale perte capillaire.

Il continuait à pérorer pour lui-même tandis que je suivais ses ondulations entre les rangées de chaises, la tête rentrée dans les épaules en évitant les regards curieux des coiffeurs qui cherchaient à évaluer le degré de la calvitie proclamée par docteur Voualtèr. Chrystelle écoutait ses recommandations en opinant du chef, elle prenait mentalement des notes pour moi. Je regrettais amèrement la pulsion qui m'avait conduit à me confier à ma sœur. Je me suis fait asseoir sur un siège dur recouvert de cuirette mouchetée, puis étrangler par une serviette blanche et casser le cou par-derrière jusqu'à ce que ma nuque dessine une courbe inquiétante et, par le fait même, une cible immanquable. Et si un coiffeur se trouvait soudainement pris d'un excès de folie psychotique? Un coup rapide de ses petits ciseaux aux lames acérées sur ma carotide offerte et c'en était fait de moi. L'idée me séduisait presque. Voualtèr s'est mis à me malaxer le cuir chevelu en me susurrant de «détendre mon beau petit *body*», que j'étais entre de bonnes mains, qu'il avait vu bien pire que moi et autres foutaises. Son parfum suave et rance d'anthropophage hérissait les poils de mes narines tandis que ceux de son torse me chatouillaient la joue. Un des anneaux de ses mamelons pendait au bout de mon nez tandis qu'il pétrissait ma nuque un peu plus bas que nécessaire.

J'ai louché pour chercher Chrystelle des yeux, elle était en train de bavasser avec la réceptionniste. J'étais à la merci de ce psychopathe en chaleur.

— Relaxe ! Ce que tu es tendu, Voualtèr ne va pas te manger. Profite, je ne fais pas mon petit spécial shiatsu à tous mes clients.

— Ça va là, ça va ! Je vais très bien, pas besoin d'en faire autant.

— Ha, ce qu'on est à cran ! On a eu une mauvaise journée ? Bon, on se calme, je rince. Voilà, ça fait du bien ! Non non non, pas si vite, on reste assis, je frotte pour enlever l'excédent d'eau, je noue la serviette autour de la tête, voilà, comme ça on a l'air d'un bel hindou et on se dirige vers la chaise à l'autre bout de la rangée, Voualtèr te rejoint dans un instant, il doit aller à la salle de bain pour une petite miction.

— Alors, ça se passe bien ? Il t'a fait son petit massage ?

— Ouais, si je ne l'avais pas arrêté, il descendait jusqu'aux reins. Il doit être allé se branler dans les chiottes, je te jure, je pensais qu'il allait me faire bouffer son anneau de mamelon.

— Chut ! Ce que tu es vulgaire ! Ah Voualtèr ! Tu lui fais une belle petite tête, à mon frérot ? Il est un peu sur les nerfs, il n'a pas l'habitude de se laisser gâter.

— Oui, j'ai bien vu. Y a du vieux garçon qui sommeille, là-dedans ! Bon, voyons ça, ouais, hum... ouais, bon, on voit de petites clairières aux tempes, mais rien de si grave pour l'instant. Il y a une bonne épaisseur à l'arrière, tu en auras assez pour une éventuelle greffe.

— Bon, on dégage les oreilles et ça ira.

— Non !

— Quoi, non ? Comment ça ?

— On ne dégage pas ces oreilles-là, à moins que tu aies envie de ressembler à Peter Pan ou à Ben Kingsley.

— Il y a un problème avec Ben Kingsley ?

— Tu l'as vu en Gandhi et en psychopathe dans… mémoire… mémoire… ah oui ! *Sexy Beast !* On ne voit que ça, ses oreilles. On dirait des mains qui applaudissent. Non, vraiment, il faut laisser des mèches descendre sur les pavillons, on n'a vraiment pas intérêt à les dévoiler, crois-moi, je connais ça, les oreilles, j'en vois des dizaines par jour, je suis un expert.

— Bon, là, écoute, Roger, je ne suis pas ici pour une chirurgie esthétique, alors coupe qu'on en finisse.

— Oh, on est agressif ? Voualtèr ne peut pas couper à son aise quand le client n'est pas dans son assiette, surtout si en plus il se fait donner du Roger, non mais, a-t-on idée ! Chrystelle, va lui faire une petite camomille.

— J'en ai déjà pris une, saloperie de camomille. Allez, go, je n'ai pas toute la soirée.

— D'accord, d'accord, donc ahem! je suggère de dégager le front, d'enlever le surplus qui crée cette impression de crête de coq, d'aplanir un peu sur les côtés, d'émécher autour des oreilles, raser la nuque au *clipper*, la nuque n'est pas si mal, il faudra seulement raser les affreux poils fous, moi aussi j'en ai, ne t'en fais pas, et si je peux me permettre, j'éclaircirais au niveau de la couleur, quelques mèches, «Délire décadent» conviendrait parfaitement. Ta calvitie paraîtrait moins, car un crâne pâle sous un cheveu foncé apparaît davantage que derrière un cheveu clair.

— Non, là, pas question! Je n'ai pas envie d'avoir l'air d'une moumoune en sortant d'ici.

— Charles!

Chrystelle a manqué renverser la camomille sur mon beau tablier argenté. Elle en a pris une gorgée, elle en avait besoin autant sinon plus que moi. J'ai regretté mes paroles tant elle semblait offusquée. C'est vrai, je me contenais difficilement à ce stade, je n'avais qu'une envie, me retrouver en sécurité chez moi, loin de ce névrotique, et composer le numéro de téléphone de Karine pour l'entendre me dire des choses sensées. J'en avais assez de ma calvitie, de mes cheveux, des cheveux tout court.

— Écoute, tu me rases tout ça et je serai bien content.

— Non! Non, non, non! On ne vient pas voir Voualtèr pour se faire faire la totale. J'ai rasé assez de têtes au *cutter* quand j'étais barb...

Il s'est arrêté net, l'air interdit, les ciseaux en suspens. J'ai eu peur qu'il me les échappe sur le crâne.

— Voualtèr, chéri, ça va?

Chrystelle lui a touché l'épaule, inquiète, les sourcils froncés. Cette comédie était touchante, j'aurais quelque chose pour faire rire Karine plus tard.

— Oui, oui, excusez-moi, je reviens.

— Ah toi, tu n'es pas possible, tu me fais honte, je vais être gênée de revenir me faire couper les cheveux ici. Tu ne peux pas juste te laisser faire?

— Quoi? C'est quoi, le problème? J'ai envie de quelque chose de simple, et il n'est même pas capable d'accéder à ma demande. C'est quoi, ce coiffeur?

— Tu ne comprends rien? Voualtèr est un artiste, un créateur, un styliste, il n'a pas envie de jouer au vulgaire barbier, il veut explorer toutes les possibilités que le client lui inspire. Tu es comme son matériau de construction, sa sculpture vivante, son... son...

— Bon, ça va, ça va, te fatigue pas ainsi. Un: tu vas aller t'asseoir là-bas, te prendre une revue et oublier mon existence pendant un instant. Deux: tu reviens quand c'est fini, ok? Tu veux que je me détende? Fais ça pour moi.

Tous les coiffeurs nous scrutaient, quelques-uns ricanaient et pourtant on entendait toujours les

cliquetis des ciseaux. Comment pouvaient-ils continuer à couper sans regarder les cheveux? Il est
grand, le mystère du prêt-à-couper. Je devais offrir
un spectacle unique qui alimenterait leurs conversations pendant les prochaines semaines. Tant mieux
pour eux. Voualtèr est revenu en tamponnant son
nez comme une diva humiliée, je me suis excusé
pour mon emportement et lui ai dit, bravement:

— Vas-y, Voualtèr, fais ce que tu veux. Mais pas
de couleur.

— Je comprends, tu es nerveux et ça me rend
nerveux aussi. Tu sais, nous les coiffeurs sommes
sensibles aux énergies des clients, on ne peut pas
opérer dans l'agitation. Maintenant, ferme tes yeux
et laisse la magie créatrice de Voualtèr faire son
œuvre sur toi.

J'ai pris une profonde inspiration, ça a eu l'air
de lui plaire, il en a pris une aussi en élevant la
main avec un geste théâtral et il a donné son premier coup de ciseau. J'ai renoncé à toutes mes ap-
préhensions, il pouvait bien faire ce qu'il voulait,
je savais déjà ce que moi je ferais probablement à
mon retour à la maison. Je fixais le miroir sans
m'attarder sur le prisonnier au centre, un miroir
digne d'une loge d'opéra, prétentieux, bordé de
lourdes torsades en laiton, et j'y ai vu passer un
petit perroquet égaré dans la tourmente. À chaque
coup d'aile, il perdait des plumes et moi, je ne
pouvais rien pour lui.

Le temps s'écoulait mollement et mes tympans bourdonnaient du bruit des ciseaux qui s'agitaient à une vitesse folle autour de mes oreilles et de celui, plus diffus, des caquetages incessants des autres coiffeurs. Voualtèr, lui, ne disait rien. Il semblait en transe extatique, comme s'il sculptait la toison pubienne d'un dieu grec. Le temps d'une courte seconde d'égarement, j'ai presque cru en la possibilité d'un réel talent, d'une passion véridique, mais j'ai aperçu le faux éclat de ses anneaux aux seins et je n'ai plus cru à rien. Les cheveux coupés volaient autour de la chaise, flottaient libres et joyeux pendant un bref moment, puis allaient s'échouer sur le sol, rejoindre les autres pour former des petits tas désordonnés, attendrissants dans leur abandon. J'en avais plus que je ne croyais, pour qu'il s'en amoncelle autant. J'ai eu l'idée idiote que ça vaudrait le coup de les ramasser, qu'ils pourraient me servir, puis j'ai pensé à la pauvre Karine qui devait se faire du mouron à cause de Pierre. On perd tous des plumes dans la vie, d'une manière ou d'une autre. Il fallait espérer que ce soit pour le mieux, et que de toute façon elles repousseraient, une fois l'espace redevenu propice au nouveau, à la renaissance. J'ai dit adieu à mes cheveux perdus et bienvenue à tout ce qui voudrait bien se greffer à moi dans l'immédiat et dans l'avenir.

— Voilà ! Pas de commentaires avant que j'applique mon gel ultra-fixant révolutionnaire. Je l'ai concocté à partir de trois gels de merde, tu vas voir, ça tient et pas seulement jusqu'à demain, parole de Voualtèr.

Il aurait pu m'enduire la tête de morve de bison, ça ne m'aurait pas fait un pli. À ce stade-là, tout m'était indifférent. Sauf Karine et le perroquet. Alors que je ne pouvais rien garantir du bonheur de la première ni de la santé du second, je n'avais que ces deux préoccupations en tête. Mes cheveux avaient pris le bord des priorités. Je me suis empressé de féliciter Voualtèr pour son œuvre d'art, puisqu'il me présentait comme tel à Chrystelle qui poussait de petits cris de joie perçants. J'arborais à un poil près le look que je me donne tous les deux mois, mis à part que cette fois j'avais assez de glu dans les cheveux pour tenir suspendu au plafond par les couettes.

— Tu vois, quelle calvitie? Ton frère s'inquiète pour rien, il en a assez pour survivre encore deux ou trois bonnes années bien à l'abri. Toi par contre, maintenant que je te vois sous un bon éclairage, tu serais presque prête pour ta couleur. «Bois franc laqué», voilà ce qui t'irait bien en cette saison. Je peux te la faire tout de suite, si tu veux, je n'ai pas d'autre client finalement.

— Je dois aller reconduire mon frère, hum... qu'il est mignon, mon petit frère, hein?

— Non, ne te donne pas la peine, reste, profites-en. Je vais prendre le métro, ça va me faire du bien.

— À cette heure, c'est la cohue.

— Justement, je vais étrenner ma super coupe auprès des filles de l'heure de pointe.

— Bon, ok, tu viens de me convaincre. Qui sait si la femme de ta vie ne se trouve pas dans le wagon de tête... ou de queue, hihihi !

— Ha ha, oui. Bon, je vais régler la note et...

— Non, va, c'est moi qui t'invitais, je te l'ai dit. Et je ne regrette pas, tu es vraiment chou.

— Tu trouves ? Voualtèr, tu as rendu une femme heureuse. Allez, je me tire, merci et à la revoyure.

Voualtèr m'a fait la bise sur les deux joues d'une manière plutôt inappropriée compte tenu des circonstances. J'ai craint que ses lèvres ne restent imprimées de façon indélébile sur mon épiderme. Je lui ai glissé trois dollars dans le creux de la main, il a refermé la sienne comme des pinces sur les sous et sur mes doigts et m'a chuchoté à l'oreille :

— Tu reviens voir Voualtèr quand tu veux, pis t'inquiète pas pour ta calvitie, ça se voit à peine, tu es beau comme un cœur.

— Fais-en pas trop, là. Merci, bye.

— Chrystelle, lavabo !

J'ai eu le temps de l'entendre dire à ma sœur, tandis que j'enfilais ma veste de cuir :

— Des comme lui, heureusement que je n'en ai pas souvent !

La bouche du métro m'a avalé en même temps qu'une horde de travailleurs fatigués. Mes cheveux savamment gommés me causaient une sensation de migraine partant du bout de chacun d'eux. Éreinté, mentalement plus que physiquement, je me suis affalé sur un siège à côté d'une fille très dans le vent. Son manteau fait d'une matière caoutchouteuse couinait à chacun de ses mouvements, aussi infimes fussent-ils. Elle portait des bottillons si étroits que ses orteils devaient se chevaucher. J'avais hâte de la voir se lever ; elle devait posséder des dons d'équilibriste innés pour être apte à se propulser juchée sur des talons aussi minces et hauts. J'ai pensé avec affection aux bottes de marche de Karine, vieilles de 100 ans, qu'elle portait même l'été avec ses shorts, les bas de laine roulés aux chevilles. Elle composait un portrait disparate avec Pierre, qui déambulait en Prada même au fin fond des bois. J'ai tortillé mes orteils dans mes vieilles bottes militaires en soupirant, las jusqu'à la racine de mes cheveux, que je pouvais sentir comme s'il s'agissait d'épines plantées dans mon crâne ; Voualtèr n'y était pas allé de main morte avec son super gel fixant ultra-révolutionnaire. Pour me changer les idées, j'ai fixé mon attention sur les chevelures des passagers, un échantillonnage inouï de compositions hétéroclites. J'ai compté douze sortes de roux différents, dont aucun ne semblait naturel, vingt couleurs de mèches dont six sur la même tête, des blonds qui passaient du jaune citron au jaune moutarde Schwartz et des noirs, des bruns, des châtains, des rouges, un chauve que j'ai regardé avec sympathie, des superpositions baroques de toutes les nuances imaginables et dans tous les volumes. J'imaginais les noms de ces teintes prononcés par la bouche sensuelle de Voualtèr : «Débauche printanière, Ambre lascif, Orgasme cramoisi, Fruits écrapoutis.» Étourdi et un peu écœuré, j'ai fermé les yeux jusqu'à ce que la voix électronique égrène le nom de ma station.

À mon arrivée, je me suis longuement passé la tête sous le jet d'eau pour supprimer toute cette colle. J'ai aperçu quelques cheveux s'enrouler dans les volutes d'eau grasse puis disparaître dans le conduit. J'ai séché les gentils, ceux qui étaient restés accrochés à moi, et je me suis planté devant le miroir. Je ne sentais rien de particulier. J'ai pensé : peu importe ce qui arrivera à mon image, je suis et je reste un citoyen du monde. Que ceux qui me mépriseraient parce qu'éventuellement je ne correspondrais plus à un certain diktat capillaire passent leur chemin, traversent la rue, déménagent, changent de ville, émigrent sur un autre continent ou s'éjectent dans l'espace. Rien à foutre de ces gens. J'ai imaginé un nouvel adage : celui qui perd en cheveux gagne en esprit. Il me faudrait le breveter, ça devrait plaire à plusieurs hommes en peine.

J'ai empoigné mon *clipper* et l'ai ajusté au numéro un. Puis, sans hésitation et sans consulter mon visage, j'ai commencé à raser les contours de mon front avec des gestes lents et assurés, puis j'ai dirigé l'appareil bourdonnant sur mes tempes, le dessus de ma tête puis l'arrière, jusqu'à ce que le dépouillement soit total. Curieusement, ma vision a pris des proportions inattendues, comme si elle s'était accrue. Il me semblait percevoir des traits inconnus dans ce visage. Je me suis amusé à examiner les pourtours de cette nouvelle tête qu'aucune vague, aucun pli ne venait déranger. Le néon ne m'agressait plus, il n'avait plus rien à dénoncer sinon la réalité. J'ai pensé à Gandhi, à *Sexy Beast*, aux moines tibétains, à Yul Brynner. J'ai lorgné vers mes grandes oreilles en imaginant qu'elles se mettraient à clapoter les jours de grand vent et je me suis remémoré un koan zen qui m'avait fait rigoler tout en me laissant songeur : « Quel est le bruit d'une seule main qui applaudit ? » Puis, je n'ai plus pensé du tout. Je me sentais en paix. Le téléphone a sonné. Sans me presser, je me suis dirigé vers le combiné. Avant même de voir le nom de Karine sur l'afficheur, j'avais deviné que c'était elle. J'ai laissé le répondeur s'enclencher, comme ça, pour le plaisir de savourer la minute. En écoutant la belle voix de Karine qui m'invitait à souper avec elle, j'ai caressé et grattouillé mon crâne avec affection. Puis, j'ai rempli d'un sourire content mon visage dénudé, convaincu que le sourire des chauves, dépouillé de toute fioriture, devait briller à des milles à la ronde.

TABLE